「すべての『強化ポイント』を解除――」
「これで武器も防具も強化状態から
リセットされるけど……
まあ、今後は自分たちの
実力だけで戦ってくれ」
レイン・ガーランド
元『王獣の牙』所属の
付与魔術師。
ギルドを追われた。

「レイン様は……光竜王を
封印するために戦うのですか？」
「ちょっと待ったーっ。
先輩が行くなら、俺も行くぜ！」
リリィ・フラムベル
ギルド『星帝の盾』のエース。
S級冒険者、聖騎士。
マーガレット・エルス
『星帝の盾』所属のA級冒険者。
リリィの後輩。

ギルド『星帝の盾』にて——
「ああ。世界の危機らしいからな」
マルチナ・ジーラ
ウラリス王国の貴族令嬢にして
次期勇者の最有力候補。
ミラベル
レインを襲った暗殺者《アサシン》。

「こいつは――あたしたちだけで戦うしかなさそうですね」
リリィはキッとした顔で愛用の剣『紅鳳の剣《ミラーファ》』を構えた。
隣では、マルチナが『蒼天牙《ファイザ》』を構える。

追放されたチート付与魔術師は気ままなセカンドライフを謳歌する。
俺は武器だけじゃなく、あらゆるものに
『強化ポイント』を付与できるし、
俺の意思でいつでも効果を解除できるけど、
残った人たち大丈夫？
asa rokushima
六志麻あさ
ill. kisui

CONTENTS

tsuihou sareta
CHEAT fuyo
majutsushi ha
kimamana
second-life wo
ouka suru.

イラスト/kisui
デザイン/百足屋ユウコ＋おおの蛍（ムシカゴグラフィクス）

第1章　チート付与魔術師のセカンドライフ

「レイン、お前にもう用はない。クビだ」

その日、俺――レイン・ガーランドは所属する冒険者ギルドから一方的に告げられた。

「クビ？　どういうことだ？」

俺は付与魔術師《エンチャンター》をしている。

付与魔術とは、武器や防具などに『強化ポイント』と呼ばれる特殊な魔力を込めることで、より高い性能を発揮させる術である。このギルド『王獣の牙』に所属する冒険者たちの武器や防具は、ほとんどに俺の付与がかかっていた。

平凡な剣に『＋10』を付与すれば名剣に生まれ変わるし、平凡な盾に『＋15』を付与し、数百回斬りつけられても傷一つつかないレベルに仕立てることも可能だ。

おかげで、『王獣の牙』の冒険者たちは軒並み強力な武器や防具を有し、めざましい戦績を上げてきた。このギルドがゼルージュ王国内のみならず、大陸でもっとも強大な五つのギルド――『ビッグ５』として数えられている理由の一つは、武器や防具が充実しているからだと自負していた。

実際、ギルド員たちもこぞって俺の付与を称賛し、感謝もしてくれていた。

なのに、突然なぜ――？

「もう十分に強力な武器や防具がそろったからだよ」

ギルドマスターが笑っている。

「お前の付与魔術なんてなくても、俺たちはやっていけるんだ！」

「だから、あんたは用済みってわけ。理解できたぁ？」

「しかも、お前自身は付与以外に何のとりえもない。付与魔術以外の魔法は全然使えないし、剣もからっきしだからな！」

三人の副ギルドマスターたちも同じく笑っていた。

「ほら、とっとと出て行けよ！　この役立たずが！」


「うわっ……！」

俺はギルドの建物から追い出された。

十三歳のときから七年も頑張ってきたのに、解雇されるのは一瞬だ。

「なんだか――空しくなるな……」

見ると、ギルド所属の冒険者たちが建物の中から俺を見ていた。百人以上はいるだろうか。

「みんな――」

全員がニヤニヤ笑っていた。

「あいつ、追い出されるんだって？」

「まあ、武器も防具も全部付与済みだし問題ないんじゃね？」

「用済み用済み。はははははっ」

「おいおい、みんな冷たいなぁ。ま、あいつは無報酬で武器と防具を強くしてくれる便利アイテムみたいなもんだからな。今となっちゃ、いなくなっても問題ねーか」

「お前のセリフが一番冷たいじゃねーか」

　全員が、嘲笑していた。

「……俺はこんなふうに思われていたのか」

　今まで数えきれないくらいの付与を行ってきた。感謝の言葉をたくさんもらった。俺が強化した武器や防具で彼らが活躍するのを見るのが楽しかった。

　仲間、だからだ。

　だけど——それは見せかけの態度だけで、本心は違った。あいつらは俺のことを便利な道具程度にしか思っていなかったんだ。

　悔しい。悔しい……！

　悔しさを噛《か》み締め、俺は町に向かって歩いた。

　歩きながら、徐々に気持ちが整理されてくる。仲間たちへの思いが薄れていく。悔しさから虚しさへと変わっていく……結局、俺の心の中に残ったのは、どうしようもない虚無感だけだ。

「そうだ……この気持ちを清算するために、やることがある」

　俺はため息をついて立ち止まった。

　振り返って、ギルドの建物を見つめる。

「……お前たちに言ってなかったことが一つあるんだ」

彼らにその声は届かない、と分かりつつ呼びかけた。

「俺が武器や防具に付与した『強化ポイント』は、俺の意思一つでいつでも解除できるってことを」

一人でも味方になってくれる者がいれば——。

一人でも引き留めてくれる者がいれば——。

俺も思いとどまったかもしれない。

だけど、場にいる全員が俺を道具扱いしていた。

なら、俺もそれなりの対応を取らせてもらう。

「『王獣の牙』所属冒険者５１２人の武器と防具に付与したすべての『強化ポイント』を解除——」

術を解くのに必要なのは、俺の意思と呪言一つ。それだけで付与魔術の解除完了だ。

あっけないものだった。

「これで武器も防具も強化状態からリセットされるけど……まあ、今後は自分たちの実力だけで戦ってくれ」


俺はふたたび歩き出した。

「これで、付与していた『強化ポイント』は全部俺のもとに戻ってきたわけか……」

小さくため息をつく。

この強化ポイントというのは、俺が魔力を錬成して生み出す力である。俺の魔力量が多ければ多いほど、『強化ポイント』として注ぎこめる量も増える。

といっても、俺自身の魔力量は人並み程度。だから、毎日武器に『強化ポイント』を込めては、自然回復を待ってまた継ぎ足したり、モンスターなどを倒して得られる魔力を『強化ポイント』に変換して、武器や防具に込めたり……とにかく地道な作業を七年の間繰り返してきた。

「現在の手持ち『強化ポイント』を表示」

ヴ……ン。

俺の呪言とともに、空中に大きな数字が描かれる。

『１３０３３』

これが俺の手持ちの『強化ポイント』である。

「一万を超えてたのか……随分とがんばったもんだ」

我ながら感心した。

ただ『強化ポイント』はこのまま宙ぶらりんにしておくことはできない。放っておくと周囲に魔力エネルギーを発散して量が減っていく。

つまりは『強化ポイント』は物体に込めておかないと、時間とともに目減りするのだ。

「とりあえず——手持ちの剣と服に込めておくか。いずれ必要なときに移し替えればいいし」

俺は腰の剣を抜いた。安物の銅剣だけど、とりあえず強化ポイントの『一時保管先』として使うだけだから、まあいいだろう。

ただし強化ポイントは一つの物体につき、最高で＋１００までしか付けられない。残りの大量のポイントは別の物体に付けなければならない。

「１００ずつ付けていったとして、必要な武器・防具とかのアイテムは……１３１個か。うーん……」

そんなに大量のアイテムは持っていない。

「まず手持ちの剣に付けるか。他に服とかにも付けていって、余ったポイントをどうするかは後で考えよう」

『強化ポイント』のうち『１００』を剣に付与──。

念じたところで、数値の設定を間違えてしまった。

桁を、二つほど。

「あっ……」

結果、剣に付与される『強化ポイント』が『１００』じゃなく『１００００』になってしまう！

『銅の剣＋１００００』

そう表示された。

「──って、強化ポイントは『１００』を超えても付与できるのか⁉　前に試したときはできなかったぞ……？」

……いや、待てよ。

前に試したのは、もう何年も前だ。それ以来、無理なんだと決めつけて同じことを試していない。

「俺の付与魔術師としての能力がレベルアップしていた……とか？　だから『１００００』の『強化ポイント』を一気に付与できたのか？」

他のものでも試してみよう。

残りの『強化ポイント』を俺の服に付与——。


『布の服＋３０３３』


「本当にできた⁉　とんでもない武器と防具になっちゃったな、これ……」

たぶん剣の方は伝説級の武器と同等か、それ以上かもしれない。

服の方も並の鎧《よろい》をはるかに上回る防御力である。

「これなら無敵だな……俺一人で冒険者をやっても稼ぎ放題だ」

適当にソロ活動するだけで、食っていけるだろう。

「よし生活費の心配は必要なさそうだな。後は——どうしよう？」

今までは、ほとんど休暇もなしで仕事に打ちこんできた。その仕事がいきなりなくなると、ちょっと途方に暮れてしまう。

「ずっと働いてきたんだ。少し長めの休暇気分で自由に過ごしてみるか」

そう考えたとたん、気持ちが一気に楽になった。

「まずは近くの冒険者ギルドで冒険者登録して、小金を稼いでおこう。その後は当面、自由に暮らすぞ！」

俺は意気揚々と町に向かって歩き出した。

俺は隣町に入ると、さっそく冒険者ギルドに立ち寄った。『王獣の牙』よりもかなり小規模らしく、小さな建物だ。

「冒険者登録をお願いしたいのですが」

「ようこそ冒険者ギルド『青の水晶』へ！　えっ、ぼ、冒険者登録……？　私たちのところに……？」

受付嬢が呆然《ぼうぜん》とした顔になる。

俺より二つ三つ年下——十七、八歳くらいの若い受付嬢である。黒髪を長く伸ばした清楚《せいそ》な美少女だった。受付嬢の制服がよく似合っている。

「はい、お願いします」

「マスター、事件です！　新規に登録される方がいらっしゃいました！」

「えっ、嘘《うそ》!?　また『えっ、ここって「王獣の牙」じゃないの？　別のギルド？　じゃあ、いらね』って出て行っちゃうパターンじゃないの!?」

カウンターの奥から三十歳前後の女性が現れた。彼女がここのギルドマスターらしい。

こちらは赤い髪を肩のところで切りそろえ、気が強そうな印象を与える美女だ。

「いえ、俺は『王獣の牙』から来たので……ただ、そこは脱退して、新たにこちらのギルドでお世話になれたら、と」

俺は妙に慌てている受付嬢とギルドマスターにそう説明した。

「じゃあ、間違いないですね。やったー！」

「ついに……ついにうちにも新規加入者が……！　ああ、神よ……！」

なんで二人ともそんなに感動してるんだ……？

「とりあえず当座の生活資金を稼ぎたくて、何か仕事があれば紹介してもらえると嬉《うれ》しいです」

「では、まず当ギルドのシステムからご案内しますね。こちらへどうぞ。あ、私は受付をしておりますニーナといいます」

「俺はレイン・ガーランド。よろしくお願いします」

「じゃあ、あたしは奥で仕事してるね。後は二人でごゆっくり～」

ギルドマスターはにっこり笑って引っこんでいった。

で、ニーナがこのギルドのことを教えてくれた。仕事の仲介料や報酬の受け取り方、俺の冒険者登録や各種の申請書類などを一通り——。

「えっ、ここって『王獣の牙』じゃねーの？」

「んなわけねーじゃん。こんなボロギルド」

突然、柄の悪い冒険者二人が入ってきた。

がんっ、と手近の机を蹴り飛ばす。

「ひっ」

ニーナがおびえたように体をすくめた。

『王獣の牙』には滅多に来なかったが、ああいう手合いは中小の冒険者ギルドには割と来る。単に素行が悪かったり、別のギルドからの嫌がらせであったり、恐喝のたぐいであったり、理由は色々あるが……。

「やめろ」

俺はそいつらに歩み寄った。

今のような態度を見過ごすことはできなかった。これから、俺はこのギルド――『青の水晶』に所属する予定なんだから。

「なんだ、てめぇ」

「俺たちに文句がありそうだな、ええ？」

「用があるなら受付に言えばいいだろう。備品を乱暴に扱うのはやめるんだ」

俺は彼らを正面から見据えた。

こういう連中にひるんでは駄目だ。毅然《きぜん》と対処しなければ――。

「ギルドマスターを出せ」

「この前、ここで仲介してもらった仕事がひどいもんだったからよ。迷惑料をもらいに来たんだ」

静かに告げる俺。

「迷惑料？　ただの恐喝にしか見えないが？」

「はあ？　お前、もしかしてケンカ売ってる？」

「表に出ろ。俺たちの怖さを分からせてやるぜぇ」

……絵にかいたような悪党だな。

俺は彼らとともに建物の外に出た。

「さて、どうするか」

俺は付与魔術師である。

『魔術師』という職業ではあるが、俺が習得しているのは『付与魔術』だけだった。攻撃魔法や防御魔法、あるいは呪術、召喚術など他の系統の魔法はまったく使えない。

いちおう一通り学んだんだけど、素質がなくて全然身に付けられなかったのだ。

そして、身体能力の方は最低に近い。

付与魔術を除けば、魔法も剣もまるで才能がない底辺冒険者――それが今の俺だ。

はっきり言って、正面からのケンカで彼らに勝てるはずもなかった。

「ただし――」

俺は腰の剣を抜いた。

「へっ、そんな安物の剣しか持ってないのかよ！」

「見た目も雑魚なら、武器も雑魚ってわけだ！」

嘲笑する二人。

俺は銅の剣を軽く振るった。

　ぐごおおっ！

「……なんで剣を振っただけで、こんな轟音《ごうおん》が鳴るんだ？」

　唖然《あぜん》となるが、次の瞬間、さらに俺は驚いた。

「えっ……!?」

　見下ろすと――大地が裂けていたのだ。

　さらに周辺の空間が歪《ゆが》んでいる。

「大地を、さらに空間をも切り裂く剣……!?」

　これが『銅の剣＋１０００』の威力か――！

※

　その日、『王獣の牙』は冒険者ギルド『星帝《せいてい》の盾』の訪問を受けていた。このゼルージュ王国内では双璧とされ、ともに大陸最強と呼ばれる五つのギルド――『ビッグ５』に数えられる最高峰の冒険者ギルドだ。

「これはこれは『星帝の盾』のギルドマスター殿、ようこそいらっしゃいました」

　『王獣の牙』のギルドマスター、バリオスが恭しく一礼する。

こちらも相手もともに『ビッグ５』のギルドマスターだ。だから同格といえば同格なのだが、ギルドの歴史は相手の方がずっと長い。必然、バリオスの方がへりくだるような格好だった。

「突然の来訪をお許しください、バリオス殿」

礼を返す相手のギルドマスター。

バリオスは四十七歳の中年男だが、相手は七十歳前後の老人だった。

その後ろには十代後半くらいの少女が付き従っている。炎を思わせる赤い鎧の騎士——『星帝の盾』のエース冒険者、『炎の聖騎士』リリィ・フラムベルだ。

「このギルドには腕の良い付与魔術師がいると聞きましたが、お会いできませんかな」

「ああ、彼ならその……」

相手のマスターの申し出に、バリオスは言葉を詰まらせた。

ギルドの武器はすべて強化を終えたし、給料の無駄だから追い出した——というのは、さすがに言いづらかった。

「き、休暇中でして。しばらく遠方の故郷に帰るそうです」

「ではレイン殿はご不在なのですね。それは残念」

聖騎士リリィがため息をついた。

「もし縁があったら、ぜひあたしの剣を強化していただきたい、と思っていたのですが」

「大陸でも五本の指に入るといわれる騎士の君が、さらに強くなるわけだ」

「あたしもまだまだですから。もちろん武器の強さに頼ることなく、己を磨き続けているつもりですが……そのうえで強力な剣を持つことができれば、もう一段階上の世界に行ける……！」

リリィが身を乗り出して熱弁する。

「どうでしょう。彼が戻ってきたときに、お知らせいただけませんか？　どのような報酬でもお支払いしますので、ぜひあたしの剣を強くしていただきたい」

これでは『さっきのは嘘だ。実は彼をクビにして……』などと言い出しにくくなってしまった。

「……分かった。レインが戻ったら伝えよう」

まあ、とりあえず口約束だけしておいて、後はうやむやにしてしまおう。

バリオスはそう軽く考えていた。

――このときは、まだ。


その日の午後。

「た、大変です、マスター！」

ギルド員の一人が走ってくる。三十過ぎの女剣士である。

「なんだ一体？」

バリオスは眉を寄せる。

「その……ギルド所有の武器や防具が……」

彼女は困惑した顔だ。

「弱くなっているみたいで……」

「……何？」

「討伐クエストでこっちの攻撃がモンスターに全然通用しなくて……危なくなって逃げてきたんですけど」

と、語る女剣士。

【鑑定】スキルが使える者に確認してもらったら、武器や防具にかけられている強化の数値が全部ゼロになっているって……」

「何？　それはお前たちの装備が全部強化解除されている、ということか？」

「というか……ギルドに所属している冒険者の武器や防具の強化が全部解除されているかもしれない、ということです」

女剣士の声が震えている。

「少なくとも確認できる範囲で……数十人の冒険者の装備を調べたところ、すべての強化数値がゼロになっていました」

「ぜ、ぜ、全部だとぉ！」

バリオスが叫んだ。脳裏にレインの顔が浮かぶ。

「まさか、奴がしでかしたことなのか――？」

嫌な予感が沸き上がった。

※

「ひいいいいいっ、バケモンだーっ！」

ガラの悪い冒険者二人組は震えながら逃げていった。あのビビりようだと、今後このギルドにはちょっかいをかけてこないだろう。

「あ、あの、大丈夫でしたか？　すごい音がしましたけど……」

「平気平気。あいつらは逃げ帰っていったよ。かなりビビってたから、もうここにはこないんじゃないかな」

「ありがとうございます、本当に……」

ニーナは深々と頭を下げた。

「それで、さっそく仕事の相談をしたいんだ」

今の俺は職を失っているからな。

早いところ、なんらかの収入を得て安心したいところだ。

「適当なクエストを紹介してもらえるとありがたい」

「わかりました、レインさん。どのような種類のクエストをご希望ですか？」

「そうだな……やっぱり、討伐かな」

それが強化付与した剣や服の使いどころとしては、一番合っているだろう。

「あ、ドラゴン退治とか金になりそうなやつがあったら教えてくれ」

「えっ、ドラゴン……⁉」

「もし依頼があるなら受けてみようと思って。こいつの性能テストも兼ねて、ね」

鞘《さや》に入った銅の剣をポンと叩《たた》く。

「それは、まあ……依頼自体はありますけど、受ける方がいないので二週間ほど放置状態ですね」

と、ニーナ。

「このクエストは他のギルドにも広く募集がかけられていますが、受ける者は今のところいないようです」

「手が空《あ》いている竜殺し《ドラゴンスレイヤー》級がいない、ってことか。なら、俺が受けるよ」

……ちょっと大胆かな、ソロでドラゴン討伐なんて。

現在の俺の能力について整理してみる。

まず素の能力《ステータス》。

剣はまるでダメだし、魔法も付与魔術以外は何も使えない。

次に武器。

こっちは圧倒的だ。『銅の剣＋１００００』の威力は、少なくとも聖剣クラスと同等以上だろう。

もしかしたら、神々が使用した神造武具クラスになってるんじゃないだろうか？

……いや、さすがにそこまではいかないか。

ただ、圧倒的な攻撃力を秘めていることは間違いない。

また、防御に関しても相当に硬い。

俺が着ている布の服は強化ポイントが『＋３０３３』付与されている。その防御力は鋼鉄の鎧どころじゃない。

あるいは、最硬と呼ばれるオリハルコン級かもしれないな。

「つまり要約すると、武器と防具だけがチート級で、それを操る俺自身は普通のスペック、ってことだな」

ただ、その武器と防具（っていうか、ただの服だけど）の性能ゴリ押しだけで、たぶんほとんどのモンスターを簡単に狩れると思う。

特に、この剣は絶大な威力で大地を割り、空間をも切り裂く。当てることさえできれば、ほとんどの敵を一撃で倒せるだろう。

「大丈夫だよ、きっと」

俺は気楽な口調でニーナに言った。

「待った。俺も行こう」

受付にやって来たのは、がっしりした体格の中年男だった。

手に持っているのは身の丈ほどの魔法の杖《つえ》。どうやら魔法使いらしいけど、体格的には戦士の方が似合いそうな男である。

「『王獣の牙』から来た冒険者には雑魚に見えるだろうが、これでもいちおう『青の水晶』の序列一位でな。お前の力になれるはずだ、がはは」

中年魔法使いが豪快に笑った。

「新入りをたった一人でドラゴン退治に向かわせるわけにはいかん。俺もついていく」

「いえ、たぶん俺一人で十分――」

「討伐クエストは何が起こるか分からんぞ。若いの、見たところお前は支援役をメインにやって来たんだろう？　直接戦闘の経験は少ないんじゃないのか？」

どうやら俺を心配してくれているらしい。

「おっと、名乗るのが遅れたな。俺はバーナード・ゾラだ」

「レイン・ガーランドです」

「お節介で悪いな、レイン。ただ、放っておけなくてよ」

「いえ、お心遣い感謝します」

正直、前のギルドをあんなふうに追い出されたから、他の冒険者に対して身構えてしまう気持ちがあった。

だけど、この人はきっと純粋な善意で俺について来てくれるんだろう。その気持ちを無下にしたくない。

「分かりました。一緒に行きましょう」

――というわけで、新ギルドに加入して初めてのクエストは、最強モンスターのドラゴン退治になった。

俺はバーナードさんとともに森の中を進んでいた。

この先にドラゴンが住みついているらしい。周辺は耕作地帯で、ドラゴンによってかなり被害が出ているんだとか。農作物だけでなく、家畜や人にまで被害は及んでいる。

そのドラゴンを退治するのが今回の依頼だ。

「お前、ここに来る前は『王獣の牙』にいたんだって？」

「はい。付与魔術師なので、主に武器や防具を強化する役割でした」

主にっていうか、振り返るとそれしかやってないな……。

「強化か……なら、俺の杖も強化できたりするのか？」

「そうですね。バーナードさんは魔法使いだから、杖の持つ効果を強化することならできます」

魔法の杖は、その名の通り魔法使いが呪文を使う際に補助的な役割をするものだ。杖自体が一種の魔法のアイテムであり、【魔力上昇】や【詠唱短縮】など特定の効果を得られるものが多い。

「俺の杖の効果は【魔法の攻撃力上昇】だけだな。オーソドックスなやつだ」

「その効果を強化することはできます。ただ、その杖に存在しない効果――たとえば【魔力上昇】とか【詠唱短縮】とか――を新たに付与したり強化したり、ということはできません」

「もともと存在する効果をアップさせることしかできない、ってわけか」

「ですね」

うなずく俺。

「あ、いちおう杖は打撃武器でもあるので【直接攻撃力の強化】もできますよ」

「俺は魔法使いだからな。肉弾戦の方はそこまで重視してない」

「肉弾戦の方が強そうに見えますが……」

「がはは、よく言われるよ」

笑うバーナードさん。

気のよさそうな笑顔に、俺もつられて笑った。

「あの、俺がバーナードさんの杖を強化しましょうか？」

「ん、いいのか？」

「俺はもう『青の水晶』の一員ですから。仲間の武器や防具を強化するのは、俺の役目です」

「じゃあ、頼む」

バーナードさんが杖を差し出す。

どれくらい『強化ポイント』を注ごうか。

俺自身の剣にも攻撃力を残しておきたいが、バーナードさんはギルドのエースみたいだから、やはり相応に強い武器を持ってもらう方が、ギルドにとってもプラスだろう。

「とりあえず剣の半分のポイントを入れるか……」

現在、銅の剣には『10000』の強化ポイントが入っている。その半分――『5000』ポイントを魔法の杖に移した。

……いや、移そうとした。

『移動可能なポイントの上限を超えています。数値を設定し直してください』

空中から声が聞こえてきた。

こいつは付与魔術を使う際に流れる声だ。

「上限を超える？　でも銅の剣には『１００００』ポイント付与できたんだぞ？」

『術者以外が使用する武器・防具に関しては、付与可能なポイント上限は３００となります』

「えっ、そうなの？」

『現在の上限値は術者の装備は３００００、その他の者の装備は３００となります』

じゃあ、『＋１００００』なんて武器を使えるのは俺だけなのか……。

といっても、『＋３００』でも十分強力だけどな。

「じゃあ、銅の剣から魔法の杖に『３００』の強化ポイントを移動するよ。あと、俺の服からバーナードさんのローブに『３００』移しておいてくれ」

『移動完了』

『魔法使いバーナード・ゾラの装備が「魔法の杖＋３００」「魔法使いのローブ＋３００」になりました』

『それに合わせ、術者であるレイン・ガーランドの装備が「銅の剣＋９７００」「布の服＋２７３３」になりました』

俺の装備は少し強化ポイントが減ったけど、これくらいなら問題ない。それにドラゴンを倒せば、その魔力の一部を新たな『強化ポイント』として吸収できる。

得られたポイントを使えば、俺の武器や防具はもっと強くなるはずだ――。

「ありがとう、レイン。この杖……やたらと力を感じるぞ。それに俺のローブも防御力を上げてくれたのか」

「はい。ドラゴン戦を前に装備はすべて強化しておこうと」

「頼もしいな」

バーナードさんが目を細める。

「お前がギルドに来てくれて嬉しいよ。引き続き、よろしく頼む」

俺の能力を評価し、必要としてくれている。

その言葉は純粋に嬉しかった。

ギルドを追い出されたときの悔しさや失望感が、喜びによって薄れ、上書きされていく感じだ。

「こちらこそ！」

俺は笑みを返した。

と、そのとき——、
るおおおおおおおおおおおおおおおおおおおおおおおおおおおおおおおんっ！

雄たけびとともに、すさまじい地響きが聞こえた。

「ドラゴンか……！」

ハッと空を見上げると、巨大な黒い竜の姿があった。

ごうっ！

問答無用で炎を吐きかけてくる。

「——って、いきなりドラゴンブレスが来た⁉」

「まずい……っ！」

バーナードさんが俺の前に出る。

「なんとか防御壁を作って防いでみる！　せめてお前だけでも守ってやるからな！」

「バーナードさん……」

【魔防壁《シールド》】！」

呪文とともに、俺たちの周囲を薄緑色の防御フィールドが覆った。

ブレスが触れたとたん、バチバチッと激しい火花が散る。

普通の防御呪文なら一瞬で貫かれる威力のドラゴンブレスを受け止めただけで、十分すごいことだった。

だが——防御フィールドは少しずつ薄れていく。いくら強化した杖を使っているとはいえ、ドラゴンブレスにいつまでも耐えることはできないらしい。

「ちいっ、持たないか……っ！」

バーナードさんが焦る。

俺は前に進み出た。

「お、おい、何をしている。フィールドの外に出るんじゃない！　死ぬぞ！」

「平気です。たぶんっ」

今度は俺がバーナードさんをかばう番だ。

ばしゅううっ……！

直後、防御フィールドが吹き散らされた。

ドラゴンブレスが俺たちの頭上に降り注ぐ。

「させるかっ！」

俺は跳び上がって炎に身を晒《さら》した。

ばちぃっ！　ばちばちばちぢぢぢぢぢぃぃっ……！

ブレスが俺の服に触れ、服から発する薄緑の光によって押し返される。

そう、俺の『布の服』に付与された『＋２７３３』の力である。

やがて——、
ばぢぃぃぃぃぃぃっ！

ブレスは俺の周囲に弾け散り、そこで爆発した。

「ふうっ」

俺も、そしてバーナードさんも無傷で済んだ。

「な、な、な……!?」

バーナードさんがポカンと口を開けていた。

「お、お前、今何をしたんだ」

「防いだんです。俺の防具で」

「防具って、それただの服だろ……？」

「ちょっと倒してきます」

言うなり、俺は銅の剣を抜いた。

近づけば、爪や牙、尾などで攻撃してくるだろう。

俺には通用しないだろうが、バーナードさんが巻き添えを食うかもしれない。ならば、

「この距離から仕留める――」

剣を振りかぶった。

竜が警戒するように俺を見ている。

静寂が、流れる。

「砕けろーっ！」

気合いの声とともに、剣を振り下ろした。

剣圧をそのまま叩きつける。

轟音と爆音、そして切断音。

空間をも切り裂く一撃が、ドラゴンの巨体を両断した――。

ずうぅぅ……んっ。

両断された竜の死体が落下し、地響きを立てる。

「す、すごい奴だな、お前……」

バーナードさんは腰を抜かしていた。

「ははは、笑うことしかできんよ」

「いや、まあ……」

照れる俺。

「悪かったな。新入りのお前を守ってやりたくて同行したが……俺の方が邪魔になってしまった」

「そんなことないです。一緒にいてもらえて心強かったですよ」

俺はバーナードさんに微笑んだ。

「やっぱり、ソロって緊張するので」

「違いない……」

言いながら、彼の顔は青ざめていた。

腰を抜かしたまま、立ち上がれないようだ。

「一緒に来てくれて、ありがとうございました」

バーナードさんに一礼する。

不意に、理解できたんだ。

本当はバーナードさんも怖かったんだ、って。

いきなりドラゴン退治に行くと言い出した無茶な新入り——つまり俺のために、恐怖に耐えて同行してくれたんだ、って。

ありがとう、バーナードさん。

心の中でもう一度お礼を言った。

——こうして、俺の『青の水晶』での初クエストは終了した。

※

湿地帯で一人の戦士がモンスター『リザードナイト』と戦っていた。

戦士はギルド『王獣の牙』に所属する冒険者だ。

戦いは、劣勢だった。

「う、うわぁぁぁぁぁぁっ……！」

振り下ろした剣は簡単に砕け散り、更にモンスターの反撃によって盾を壊されてしまう。

「駄目だ、とても戦えない……っ！」

その戦士は悲鳴を上げて後退した。

相手はリザードナイト。ランクAに位置づけられる強力なモンスターだが、以前ならこの剣の一撃で簡単に両断できたはずだ。

相手の攻撃も、この盾でやすやすと受け止められた。

なのに、今は――。

「くそっ、剣も盾も寿命だったのか⁉」

毒づきながら、戦士は逃げ出した。

以前なら簡単に勝てた相手に完敗する――屈辱だった。

※

別の場所では魔法使いの女が苦戦していた。

「【ファイアブラスト】！　……あ、あれ、発動しない⁉」

彼女は戸惑いの声を上げた。

手にした魔法の杖には【魔力上昇】の強化効果がある。

その力を借りて、上級呪文を連発するのが彼女の得意とする戦闘スタイルだ。

だが今日に限って、それがうまく行かない。普段なら十発以上連続発射できるはずの上級呪文を、今は発動させることさえできない。

まるで自分の魔力が大きく減ってしまったように。

あるいは自分の魔力を増大してくれた杖が、まったく機能しなくなったかのように。

「だ、駄目……魔法が使えないんじゃ勝ち目がないわ！」

彼女は早々に諦め、逃げ出した。

※

「じ、十五連続でクエスト失敗だと⁉　ふざけるなぁっ！」

『王獣の牙』のギルドマスター、バリオスが怒鳴った。

今はギルドマスターと三人の副ギルドマスターが集まり、緊急会議をしている。

「いくら武器や防具の強化がなくなった、っていっても……あまりにも負けすぎじゃないかしら？」

副マスターの一人、中年女剣士のグレンダがうなった。

「クエストの達成率が一気に下がったからな……今までは九割以上だったっていうのに、ここ数日は二割前後だ」

同じく副マスター、野性的な風貌の戦士コーネリアスが舌打ちする。

「情けない連中じゃ、まったく……儂《わし》などここ何日かはクエスト失敗の尻ぬぐいで各地を謝罪行脚しておる」

副マスター最後の一人、老僧侶のゲイルが忌々しげに言った。

「武器や防具の強化がそこまで重要だったのか？　それがなくなったとたん、あまりにもクエストに失敗しすぎじゃないのか……？」

言いながら、バリオスの中に焦りや不安が湧き上がっていく。

「まさか――」

脳裏に浮かぶ、嫌な考え。

――今まで『王獣の牙』が高いクエスト達成率で破竹の快進撃を続けてきたのは――強化された武器や防具の力が大きかったのではないか？

――その恩恵は自分たちが思っていたよりはるかに大きく、恩恵がなくなった今では、もはや高ランクの依頼を達成できる人材はほとんどいないのではないか？

――そう、『強化された武器と防具』を失った今、自分たちは大陸最強ギルドという看板にはとても見合わない二流のギルドに成り下がったのではないか。

「ば、馬鹿な！　俺たちの栄光はこれからもずっと続くんだ！　レイン一人がいなくなったくらいで、それが崩れてたまるか！」

バリオスは思わず立ち上がって叫んでいた。

だが——『王獣の牙』のクエスト失敗の連鎖は翌日以降も止まらない。

すでに大陸最強ギルドの崩壊は始まり、そして加速を続けていた——。

※

目の前には、両断されたドラゴンの巨体が横たわっていた。

「付与魔術、術式起動。対象モンスターから『強化ポイント』を奪取開始」

俺は呪言を唱えた。

撃破したモンスターから『強化ポイント』を吸収する術だ。

『中級ドラゴン×１の撃破を確認』

『残存魔力を「強化ポイント」に変換』

『「強化ポイント」７００を奪取しました』

『術者に「強化ポイント」を移譲しました』

『術式を終了します』


さすがは中級ドラゴンだ、一気に700ポイントも手に入った。

「とりあえず……『銅の剣』に300移して『銅の剣＋10000』にしよう。キリがいいからな。残りの数字は『布の服』に移動」

新たに得た『強化ポイント』を分譲し、俺の装備は『銅の剣＋10000』『布の服＋3133』になった。


「レインさん、バーナードさん、ご無事で何よりです！」

ギルドに戻ると、受付からニーナが飛び出してきた。

「これ、とりあえずドラゴンの鱗《うろこ》を切り出してきたんだ。死体はまだ森の中にあるから、後から解体業者を呼んで、さらに素材を手に入れようと思う」

と、鱗を数枚取り出す。ドラゴン退治の証拠代わりだが、鱗自体にも装飾品や武器・防具の素材としての価値がある。

「本当に二人でドラゴンを倒しちゃったんですね……」

ニーナは驚いた様子で俺とバーナードさんを見ている。

「二人じゃない。こいつ一人だ」

バーナードさんが笑う。

「俺は足手まといだったよ」

「そんな、バーナードさん……」

「いや、お前は強い。信じられんほどにな。今日からこのギルドのエースはお前だ」

ニヤリと笑うバーナードさん。

「単独でドラゴンを討伐――しかもたった一撃だったんだ。誰も文句はあるまい」

「ギルド序列一位のあんたが言うなら、文句を言う人はいないよ」

受付の奥からギルドマスターが出てきた。

「よう、エルシー。俺はエースの座を返上だ」

「その割に嬉しそうじゃないか」

ギルドマスターのエルシーさんが苦笑した。

「はは、こいつのとんでもない強さを見たら、無性に楽しくなってな。しかも、こいつはまだまだ強くなる……そんな予感がするんだ」

バーナードさんが楽しげに語る。

「『青の水晶』を頼むぜ、新入り。もちろん俺や他の連中もがんばるからよ」

「はい、よろしくお願いします」

俺はバーナードさんに礼をした。

『王獣の牙』とは随分と雰囲気が違うな、と思った。

たとえば、さっきのバーナードさんの態度だってそうだ。

もともと、このギルドのナンバーワンは彼だった。その座を惜しげもなく俺に譲ってくれたんだ。

バーナードさんにだってプライドや面子はあるだろう。でも、そんなことよりも俺の活躍を喜んでくれた。

気持ちのいい人だ、と思う。

ニーナやエルシーさんの雰囲気も温かい。

最初は、とりあえずの生活費を得ようと深い考えもなしに『青の水晶』に来たんだけど――ここなら『王獣の牙』とは違う冒険者生活を送れるかもしれない。本当の仲間として、みんなと一緒にやっていけるかもしれない。

そんな予感があった。だから――、

「ちょっと本格的にがんばってみようかな」


その後、俺はドラゴン退治の報酬を受け取った。

金貨にして１０００枚。一般庶民なら三年くらいは何もしなくても暮らしていける額だ。

「いきなり大金が入ったな……」

最初は、当座の生活資金を得るつもりだった。だけど、武器や防具のチート性能を知り、試しにドラゴン討伐に行ってみたら、あっさり倒すことができた。

これで生活費には当分困らない。

だから、しばらく働かなくてもいいわけだけど——。

「ここのギルドでがんばってみようかな、って気持ちが出てきちゃったからな……」

「どうしたんですか、レインさん？」

ニーナがたずねる。

「いや、次のクエストを受けてみようかと思って」

俺は思案しながら言った。

「難度の高いクエストを達成すれば、ギルドの実績にもなるんだよな？」

「はい。クエストのランクや達成率は個人の冒険者ランクと冒険者ギルドのランク、それぞれにかかわってきますので」

「俺が難度の高いクエストを次々にこなせば、俺の冒険者ランクだけじゃなく、このギルドのランクも上がっていく……ってことだよな」

確認する俺。

「すみません、こちらのギルドにレイン・ガーランドという方がいらっしゃると聞いたのですが」

と、ギルドに誰かが入ってきた。

「ん？」

振り向くと、そこには一人の少女の姿があった。

高く結い上げた金髪と、炎を思わせる赤い鎧。そして、凜々《りり》しい美貌。

直接の面識はないが、その容姿は噂《うわさ》で聞いている。

「まさか、Ｓ級冒険者のリリィ・フラムベルか……⁉」

かくして——この出会いにより、俺のセカンドライフは本格的に動き出す。

第２章　付与魔術師と聖騎士

「お初にお目にかかります。あたしは『星帝《せいてい》の盾』所属の冒険者、リリィ・フラムベルと申します。こちらにレイン・ガーランド様がいらっしゃると聞き、お訪ねしました」

美しい少女騎士が俺たちに一礼する。

名乗られるまでもなく、彼女のことは知っていた。

史上最年少でＳ級冒険者に認定された、聖騎士リリィ。その実力は大陸中に響き渡っている。

七歳のときに低級ドラゴン五体を討伐。

十二歳では中級ドラゴンを打ち倒し、屈服させて乗騎にする。

そして十七歳になった今では、上級のドラゴンをも単独で撃破するほどの実力者。

大陸最強ギルドの一つ『星帝の盾』のエースと呼ばれる、若き天才騎士だった。

「レインは俺だけど……」

「あなたがレイン様でしたか。実は剣の強化をお願いしたく……」

「強化？」

「突然押しかけて、厚かましい願いかとは存じます。ですが、あたしは強くなりたいんです。最近、ちょっと壁に突き当たっているので、それを打開するきっかけをつかみたいんです」

リリィは必死な様子だった。

「いいぞ」

別に断る理由はない。

「あたしにできることなら何でもいたします。ですから、何卒ご一考を——えっ」

「そんなに必死で頼みこまなくても、強化するよ。そこまで大変な術でもないし」

俺はにっこりと言った。

リリィの武器を強化すれば『強化ポイント』がそれだけ目減りするけど大した問題じゃない。またモンスター退治とかで補充すればいい。ドラゴン級の相手ならすぐに取り戻せるだろう。

「ありがとうございます……！　ですが、無償でしていただくわけには参りません」

リリィが俺を見つめた。

「あたしに何かお礼をさせてください、レイン様。強化は、そのお返しとして付与していただくということで」

「別にいいんだけどなぁ」

「優れた仕事には対価が必要です」

と、身を乗り出すリリィ。

「あたしは以前、あなたが所属していたギルド『王獣の牙』の冒険者と一緒にクエストをしたことがあります。彼女の持つ武器にかかっている付与魔術は一級でした。今でもよく覚えています……平凡な剣が、強化された切れ味によって竜の鱗《うろこ》を切り裂くところを」

「そっか、『王獣の牙』と……」

「半日ほど前にそちらを訪れたのですが、あなたはいませんでした。それで足跡をたどり、ここまで来たのです」

リリィは言って、小さくため息をついた。

「『王獣の牙』では、あなたは休暇をもらっているということでした。ですが、その後調べてみると、どうもこちらに移籍したような情報が入ってきまして……」

「ああ、その、前のギルドを追放されてしまったんだ」

俺は苦笑交じりに説明した。

「追放⁉　レイン様をですか⁉」

リリィが目を丸くして驚く。

「これだけの腕のある付与魔術師《エンチャンター》を、追放なんて……」

「まあ、その……いろいろと行き違いがあったというか」

口を濁す俺。実際には、もう用済みだという感じで容赦なく捨てられたんだけど、初対面の相手にそこまで説明するのもなんだし。たとえ事実でも、俺の方から一方的に相手を悪く言う感じになっちゃうのもな……。

「……詮索するつもりはありませんでした。申し訳ありません」

「い、いや、いいんだ。謝らないでくれ」

思った以上にシュンとしてしまった彼女に、俺は慌てて言った。

リリィからすれば『悪いことを聞いてしまった』と思って、罪悪感を覚えたんだろうか。見た目は勝気そうだけど、優しい性格みたいだ。

——ぱきんっ。


ふいに俺が腰に下げている剣から甲高い音がした。

「えっ、あれ……？」

鞘《さや》から銅の剣を抜くと、刀身が真っ二つに折れていた。

『＋10000』の強化をしている剣が折れるなんて——。

「……寿命が来てますね、その剣。安価な銅剣のようですから」

リリィが言った。

「そっか。強化で攻撃力が上がっても、耐久力まで圧倒的に上がるわけじゃないもんな」

空間を切り裂くほどの一撃を二度も放ったのだ。刀身が持たなくても仕方がない。

「むしろ、よく二発も撃てたな……一発で折れなかっただけでもすごい」

妙に感心してしまった。

ちなみに強化ポイントに関しては、剣が折れても消えてなくなることはない。とはいえ、このまま保持しておくことはできないから、また別の何かに移さないといけない。

「とりあえず、ポイントをどこかに移さないといけないんだ。よかったらリリィの剣に移させてくれ」

「えっ、そんな――」

「今の俺のレベルだと他人の武器に移せるポイントの上限は３００だ。だから、君の剣を『＋３０
０』まで強化できる」

「で、では、お言葉に甘えて」

リリィは鞘に入ったままの剣を差し出した。

「これは――魔法の剣か？」

「はい、とあるダンジョンの最下層にいたフロアボスを倒して手に入れました。無銘ですが【魔力
刃】と【自己修復】の二つの力が備わっています」

「なるほど……そいつは強力そうだ」

魔法技術によって作られた剣には、特殊効果が付与されたものがある。

リリィの剣もその類《たぐい》だ。

【魔力刃】というのは魔法を切り裂くことができる効果。

【自己修復】はその名の通り、剣に傷ができても自動的に修復してしまう効果である。

俺の付与魔術は対象の武器・防具にもともと備わっている効果を強化することができる。今回は
【魔力刃】と【自己修復】にそれぞれ＋１５０ずつの『強化ポイント』を込めることにした。

「はい、完成だ」

強化を終えると、俺はリリィに剣を渡した。

手持ちの強化ポイントを３００移したため、俺の銅の剣（の残骸）は＋９７００に戻っている。

「ありがとうございます、レイン様！　剣から——力を感じます！」

リリィは感激した様子だ。

「俺のレベルがもっと上がれば、『強化ポイント』をもっとたくさん込められるかもしれないけど、今はそれが限界だ。悪いな」

「い、いいえ、これだけで十分すぎます！」

リリィが首を左右に振った。

「あたしに何かお礼をさせてください。ぜひ！」

「礼って言われてもな……」

お金を請求するとか？　うーん、ピンと来ない。

「前のギルドではこんなの全部タダでやってたし……」

「こ、これを無料で⁉」

リリィはショックを受けた様子だった。

「……『王獣の牙』のやり方は少々問題がありそうですね」

険しい表情になってつぶやく。

「レイン様に何かお礼を——あ、そうだ！　新しい剣を手に入れるというのはどうでしょう？」

「えっ」

「レイン様の剣は先ほど折れてしまったでしょう？　それに——あの剣には、もっと強大な力が込められていました」

「ああ、俺が所有する武器や防具に関しては『＋３００００』まで強化できるんだ」

「ならば、その強化に耐えられるだけの武器と防具が必要では？　並の装備ではレイン様の術に耐えられないでしょう。先ほどの剣のように――」

「う～ん……俺の剣に込めている強化ポイントは、一撃でドラゴンを倒すレベルなんだ。その威力の攻撃を放っても耐えられる剣は、そうそうないんじゃないかな？」

それこそ聖剣とか伝説級の剣でもなければ――。

「あ、剣の耐久力自体を強化するというのはどうです？」

「それは以前に試してみたけど、無理だったんだ。俺の付与魔術で強化できる要素は、武器なら【直接攻撃力】か、その武器に込められている特殊効果だけ。耐久力は強化対象じゃなかった」

「そうですか……では、やはり耐久力自体が高い剣を探すしかありませんね」

言って、リリィがハッとした顔になる。

「あたし、一つ心当たりがあるんですが」

「心当たり？」

「レイン様にふさわしい武器――」

リリィは笑顔でぴんと人差し指を立て、

「『伝説級の剣』ですね」

「でも、そんな剣がそこらにあるはずもないし、探すだけで一苦労じゃないか？」

「探す必要はありません」

困惑する俺に、リリィがにっこりと言った。

「心当たりがある、と言ったでしょう？　剣の場所はあたしが知っています」

「えっ」

「ご興味がおありなら、あたしが案内します。それをもって、今回のお礼にできれば……と」

「『伝説級の剣』か……」

俺の強化ポイントを込めるためには、やっぱりそういうレベルの剣が必要かもしれないな。

よし、行ってみるか──。

「じゃあ、案内してもらってもいいか」

「もちろんです、レイン様」

リリィが満面の笑みを浮かべた。

「ともに、よき旅を」

「ああ、よろしく。リリィ」

──というわけで。

半ば勢いだが、俺は剣を求めて旅に出ることになった。

※

「冗談じゃない！　なんで俺の武器が弱くなってるんだよ！」

「あたしの魔法の杖《つえ》、全然魔力を増幅してくれないんだけど！」

　バリオスのもとに数十人の冒険者が押しかけていた。いずれも『王獣の牙』に所属する冒険者たちだ。自分たちの武器や防具が突然弱体化――というか、今までレインが強化してくれていた効果がいきなりゼロになったことへの抗議だった。

　彼らの怒りはすさまじかった。

　何せここ数日クエストは失敗続きである。それも、今までなら楽勝だった相手に、まるで歯が立たない――というケースが続出している。

　副ギルドマスターの三人は逃げるように執務室を出て行った。後に残されたバリオスが一人で必死に対応しているところである。

「武器と防具のメンテナンスをしてくれてたのはレインだろ？　あいつに頼んでくれよ！」

「そうだよ、あいつ、俺たちが頼めばいくらでも強化してくれただろ！」

「本当、あいつ便利だったよな。なんでクビにしたんだよ！」

「まだ利用価値があったんだ。追放しちまうなんて無能だぜ！」

　冒険者たちが口々に叫ぶ。

「き、貴様ら、ギルドマスターであるこの俺になんて口の利き方を――」

　バリオスが歯ぎしりした。

「うるさい！　レインがいなくなってから、急にこのざまじゃねーか！」

「あいつを呼び戻せよ！　まだまだ働かせろ！」

「そうよ、レインをクビにしちゃったのは、あんたらの失態でしょ！」

「お、お前らだって、レインを馬鹿にしていたじゃないか！」

バリオスが叫んだ。

「武器や防具の強化は終わったし、もう必要ないとも言っていたよな！」

「うるさい！　こんなことになるとは思わなかったんだよ！」

「そうよ、もう一回レインに戻ってきてもらってよ！　土下座でもなんでもして！」

「貴様ら……！」

あまりにも勝手な言い分に、はらわたが煮えくり返るようだった。

「心配しなくても、代わりの付与魔術師を連れてきている！　今、武器と防具の強化をやらせているから少し待っていろ！」

バリオスは集まった冒険者たちに怒鳴った。

そう、何もレインだけが付与魔術師ではないのだ。代わりの者に武器や防具を再強化させればいいだけだった。

「今は一時的に弱体化してしまっているが……すぐに俺たちは元通りの強さを取り戻す。もう少しだけ我慢してくれ。な？」

強気な態度を見せた後に、少し優しい態度に変じてみせる。バリオスお得意の懐柔術。

「迷惑をかけてすまないが、ここ数日だけ耐えてくれ。な？」

「ちっ、しょうがねーな……」

冒険者たちも渋々といった様子で退く。

「よし、後は強化を待つだけだ――」

　バリオスは胸をなでおろした。


　数時間後。

「武器と防具の強化……って、これがか？」

「はい。とりあえず十の武器と防具に『＋３』の強化を施しました」

「たったの３？　あいつは――レインは平均して『＋10』以上の強化をしていたぞ。『＋15』や『＋20』以上の武器や防具もあったが……？」

「そ、そんな数値は無理ですよ⁉　私はこれでも上位の付与魔術師ですが、『＋３』の強化を十の武器と防具に施すだけでもほとんどの魔力を使ってしまいましたし……」

「……そういえば、あいつは少しずつ魔力を溜《た》めて、コツコツと強化を重ねていたような……」

　レインのことを思い浮かべるバリオス。

「長い時間をかければ、もう少し強化することは可能です。ただ、短時間での強化ならこれが限界――というか、これでも破格ですよ？　『王獣の牙』さんの依頼だからこそ、ここまでしたんです」

「なんと……では、今まで通りの強化武器や防具を作ることはできないのか？」

「この国――いえ、世界中のどんな付与魔術師でも、短期間にそんな数値の強化をするのは無理でしょうね」

「なんだと……」

バリオスは付与魔術師の言葉を呆然《ぼうぜん》と聞いていた。


「ふざけるな、約束が違う！」

「俺たちの武器、前とほとんど変わらないじゃないか！」

「もういい、こんなギルド、出て行ってやる！」

「ここにいたら、まともに戦えないわ！」

話を聞いた冒険者たちは次々にギルドを出て行った。残っている者も、離脱を検討していそうな者が少なからずいる。

（まずい……まずいぞ……）

バリオスの額に汗が伝う。このままでは愛想をつかされ、多数の離脱者が出かねない。

大陸最強ギルドの一つ『王獣の牙』に——今、崩壊の危機が訪れていた。

※

俺は聖騎士リリィから『伝説級の剣』のありかについて説明を受けていた。

「ここから東にある竜王国ガドレーザ。王都の外れにある遺跡に、上級ドラゴンが守っているという伝説級の剣があります」

「伝説級の剣……」

「銘を『燐光竜帝剣《レファイド》』。燐光《りんこう》を発し、竜の力を秘めるという強大な剣——これならレイン様の強化にも耐えられるかもしれません」

「なるほど……」

リリィの説明にうなずく俺。

「その剣はドラゴンが守ってる、って言ってたな。強いのか」

「ええ。何せこの五百年以上、誰もそのドラゴンに勝てませんでしたから。剣を手に入れた者もいません」

「そのドラゴンを、俺なら倒せる——と？」

「あなたの武器は中級のドラゴンを一撃で倒したと聞きます。相手が上級でも十分に通用すると思います」

リリィがにっこりとして言った。

「とりあえず適当な武器を強化するか……けど、また壊れるだろうなぁ」

攻撃を一発撃つ前に壊れてしまうとまずいな。いや、銅の剣ですら二発耐えられたんだし、一発くらいなら普通の剣で十分戦えるだろう。

「……待てよ」

剣を二本用意して、一本に『＋５００』とか『＋１０００』くらいの強化ポイントを、もう一本に残りの強化ポイントを込めるっていうのはどうだろう。

道中の雑魚敵とは最初の剣で戦い、『燐光竜帝剣』を守るドラゴン相手にのみ、二本目の剣から強化ポイントを移して、全強化ポイントを込めた剣で倒す、っていうのは。

これなら道中の戦いで剣を壊してしまう可能性は低い。

上級ドラゴンを倒すときには、剣一本を犠牲にする覚悟がいるけれど、もう一本を予備として用意しておけば、行き帰りの道中での戦いも対応できるだろう。

「――なるほど。さすがはレイン様ですね」

俺の話を聞いて、リリィがうなずく。

「ただ、道中やドラゴンとの戦いにはあたしも加わります。というか、むしろあたしメインで戦いたいです。剣を強化していただいたお礼なので、できるだけレイン様のお手をわずらわせたくないんです」

「ありがとう、リリィ」

俺はリリィとともに竜王国ガドレーザに出発した。馬車での旅路で、リリィがその馬車を手配してくれた。客車は豪華だし、かなり高額なものだろう。

「いいのか、こんな高そうな馬車……」

「旅費はすべてあたしが出します。ご心配なさらず」

「いや、俺も出すよ」

「お礼ですから。それに――あたしはこれでもS級冒険者なので。結構稼いでますから大丈夫ですよ。どうかあたしに出させてください」

そこまで言われると、うなずくしかない。

「何から何まで悪いな……」

「あたしの方こそ剣を強化していただいた上に、こうやってご足労いただいて……申し訳ないです」

「そんなにかしこまらないでくれ。俺は大したことはしてないつもりだし」

「お気遣いありがとうございます……！」

リリィが微笑んだ。

「せっかくだから旅行だと思って楽しむことにするよ」

笑みを返す俺。

「もともとギルドを追放されたときに、しばらくは休暇気分で気楽に過ごそう、って考えてたしな」

「いいですね、旅行」

リリィがうなずく。

「では、あたしも旅を楽しみます」

俺たちは馬車に揺られながら街道を進んだ。窓の外に目を向ける。そこには、雄大な山々や野原が広がっていた。

「そういえば――こんなふうに景色を楽しむのは久しぶりだな」

前のギルドではずっと忙しく働いてたからな。必死でモンスター討伐をしては強化ポイントを溜め、ギルド所属の冒険者たちの武器・防具を強化する日々。

それも、彼らの喜ぶ顔が見たい一心だった。

「どうかなさいました、レイン様？」

リリィが俺を見ていた。

「寂しそうな顔をしてらっしゃいました」

「ちょっと……昔のことを思いだしただけだ」

寂しさや切なさは残っているけれど、もういいんだ。

過去は過去。これからは今の生活を楽しんでいこう――。

俺はあらためて景色を見つめた。


数日の旅を経て、俺たちは竜王国ガドレーザにたどり着いた。

その足で冒険者ギルド『覇王竜《はおうりゅう》の翼』を訪ねる。ここは俺が以前に所属していた『王獣の牙』やリリィの所属する『星帝の盾』と同じく、五つの大陸最強ギルド『ビッグ5』の一つである。

「私たちは『光竜の遺跡』に挑もうと考えています。恐れながら貴ギルドにそのご許可をいただきたく」

俺は一礼して言った。

『光竜の遺跡』の探索は、この『覇王竜の翼』の管轄クエストなのだ。

「あの『光竜の遺跡』に挑むというのですか……？」

『覇王竜の翼』のギルドマスターが俺とリリィを見てうなった。四十絡みの眼鏡をかけた知的そうな男だ。

「いくら『炎の聖騎士』リリィ・フラムベルといえども『光竜の遺跡』の攻略は非常に難しいと思いますよ、ええ。それに――そちらの君も」

眼鏡の奥の瞳は、さすがに最強ギルドのマスターらしく鋭い。

「レインさん、でしたか…？　失礼ですが、君の名前を聞いたことがありません。私は高ランク冒険者の名前はすべて記憶しているのですが……君は何級ですか？」

「Ｄ級です」

そう、最強ギルド『王獣の牙』に所属していたと言っても、俺自身の冒険者ランクはＤなのだ。基本的に裏方仕事ばかりで、ロクに実績を積めていないのが大きな理由だった。

「Ｄ級があの遺跡に入れば確実に死にますよ、ええ。およしなさい」

ギルドマスターが顔をしかめた。

「お言葉ですが、マスター。レイン様はただのＤ級ではありません。その力はＳ級にも匹敵する――あるいは凌《しの》ぐかもしれません」

「彼が？」

ギルドマスターはますます顔をしかめる。

「……君がそこまで言うなら、埋もれた逸材なのかもしれませんね」

つぶやくマスター。

「まあ、遺跡の探索については承知いたしました。高名なリリィ殿の申し出とあらば、最大限に尊重しましょう」

「ありがとうございます！」

俺とリリィは同時に礼を言った。

さあ、いよいよ最難度ダンジョンに挑戦だ——。


二時間後、俺たちは『光竜の遺跡』にいた。

見た目は普通の神殿だ。ここの地下に広大な階層があり、難攻不落とされている。

「確か五百年以上、誰も最下層まで到達してないんだったよな」

「最後に到達したのは古《いにしえ》の勇者エルヴァイン様。彼が『燐光竜帝剣』を遺跡の最深部に安置したそうです」

と、リリィ。

「その後、上級ドラゴンが住みつき、剣を守るようになったんだとか——」

「道中にも強力モンスターが目白押し、だったよな」

「あたしとレイン様がそろえば大丈夫です。きっと攻略できます」

「じゃあ、行くか」

最難度ダンジョンに挑むっていうのに、俺は不思議なほど落ち着いていた。

さっそく遺跡の内部——地下へと進む。道のりはそれほど複雑ではなく、迷うこともほとんどなかった。

問題はやはりあちこちに生息する守護モンスターだ。

数十メートル進むごとに小さなホールがあり、そこにモンスターが待ち構えている。撃破しないと先へは進めない。

しばらく進むと、その守護モンスターが出てきた。

甲冑《かっちゅう》をまとった巨大な鬼の騎士――Ｂ級モンスター、オーガナイトである。

「ここはあたしが」

リリィが剣を構えた。遺跡に入ってから、ほとんどのモンスターを彼女一人で倒している。俺が戦おうとすると、彼女が止めるのだ。

「上級ドラゴンがいる場所まで、基本的にあたし一人で戦います」

「やっぱり、それじゃ君の負担が大きいだろう」

「平気です」

言うなり、飛び出すリリィ。

さすがに、速い。

残像ができるほどのスピードで突進し、剣を一閃《いっせん》。

俺が付与した『強化ポイント＋３００』の力もあってか、モンスターの首を一撃で両断する。

「ふうっ、さすがの切れ味ですね。レイン様」

振り返ったリリィがにっこりと笑った。

「さすがなのは君だよ。最難度ダンジョンの守護モンスターを次々に瞬殺してるし」

「途中に出てくるモンスターは大したことないんです。問題はやはり剣を守る上級ドラゴンと――」

ずしん、と地響きがした。

「中ボス登場、ってとこか」

「ですね。遺跡のどこかに三体配置されているという超強力モンスター……その一体が近づいているようです」

気配だけで分かる。

こいつは、今までのモンスターとは別物だって。

「広い場所に出ましょう」

リリィが言った。

「狭い場所は、炎や雷を吐いてくるような敵の場合に一方的にやられる危険性がありますから」

「分かった」

俺たちは通路を移動し、やがてホールのような場所に出た。

本来なら守護モンスターがいる場所だ。

だが、その守護モンスターは踏みつぶされていた。

「待っていたぞ」

どうやら、先回りされていたらしい。

先ほどの、強大な気配の持ち主に。

「地皇獣《ベフィモス》……！」

リリィがうめいた。

A級モンスター、ベフィモス。

全長五メートルほどで、獣型のモンスターとしては大きくないが、大地を操る特殊能力を備えた強力な個体である。さらに人間を上回る知性を持ち、魔法を操る個体もいるんだとか。

「ほう……『紅鳳の剣《ミラーファ》』に選ばれし騎士か」

ベフィモスがうなった。

その目は、リリィが構える剣に向けられている。

「えっ？」

自分の剣を見つめるリリィ。

「これって、そんな名前があるの？」

「なんだ、由来も知らずに使っているのか」

ベフィモスがうなる。

「まあ、いい。この遺跡を進んでよいのは強者のみ。我が一撃に耐えられるなら進むがいい。さもなくば——消えよ」

その姿がかすんだ。

いや、ほとんど視認できないほどのスピードで突進してきたのだ。

「きゃあっ!?」

さすがのリリィも反応しきれず跳ね飛ばされる。

「大丈夫か、リリィ」

俺は慌てて駆け寄り、彼女を抱き起こした。

「レイン様……」

俺に抱き着いたまま、うめくリリィ。

「申し訳ありません。不覚を取りました……」

「ここまで、よくがんばってくれたな。ありがとう」

礼を言って、彼女を横たえる。

「選手交代だ。ここからは俺がやる」

そして剣を構えた。

「今度はお前か。そんな安物の剣で、我が装甲を貫くつもりか――ん？」

言ったところで、ベフィモスが目を細めた。

「な、なんだ、その剣……異常なほど強化されている……あ、ありえん……」

俺が今回持ってきたのは、鋼の剣２本だ。壊れてしまった銅の剣に込められていた『＋９７００』の強化ポイントは、一本に『＋１０００』、もう一本に『＋８７００』を付与してあった。

今、俺が構えているのは『＋１０００』の剣である。

もう一本は上級ドラゴンと戦うためのとっておきだった。

ちなみに道中のモンスターはリリィが倒しているので、俺は強化ポイントを得られなかった。あくまでも、自分で倒したモンスターの残存魔力からしかポイントを得られないのだ。

「なるほど。その武器は確かに強力だ。認めよう」

うなるベフィモス。

「だが――俺のスキル【迅雷突進《じんらいとっしん》】に反応できるのか？　さっきの女ですら反応しきれずに吹き飛ばされた。お前は明らかにその女より白兵能力で劣っているだろう」

「ああ、俺と彼女は比べ物にもならない」

俺は苦笑交じりに答えた。

「俺の運動能力でお前の突進に反応できるのか？　と聞かれたら――まあ、間違いなく無理だろうな」

「ふん、すでに諦めの境地というわけか。潔いことだ」

言って、ベフィモスは四肢を曲げて低い姿勢を取った。

突進するための構えだ。

「だ、駄目です、レイン様……いくらあなたでも、あの攻撃は防げない……」

リリィが弱々しい声で言った。

「人間が反応できる限界をはるかに超えています……あたしは空気のわずかな震えから、奴の動きを予想して、かろうじて致命傷を避けましたが……」

「大丈夫。リリィはそこで見ていてくれ」

俺は剣を構えたまま言った。

「あくまで退かんか。ならば――砕け散れ！」

告げてベフィモスが突進する。

——その、直前。

「確かにスキルが発動したら、反応できずに直撃を食らうだろうな」

俺は無造作に剣を振るった。

「だけど——対応できないとは言ってない」

ごうっ！

放たれる剣圧。その一撃は『範囲攻撃』といっていいレベルである。

奴の動きは『直進』だから正面方向を中心に範囲攻撃を放てば——。

「その軌道上にお前はいる——必ず」

「ぐっ、があああっ⁉」

狙い通り——範囲攻撃によって、ベフィモスはあっさり吹き飛ばされた。

「き、貴様ぁ……！」

がくり、と力尽きるベフィモス。

力押しもいいところだけど、ともあれ撃破したぞ。

「す、すごい……やっぱり、レイン様はすごいです……」

リリィが俺のもとに歩み寄った。

「大丈夫なのか？　もうちょっと休んでいた方が——」

「あたしは平気です。初めて強敵とレイン様の戦いを見て、感動しました！」

リリィは目をキラキラさせて俺を見つめていた。

うっ、ちょっと照れるというか、なんというか……。

「いや、その、俺自身が特別強いわけじゃなくて、武器の強さだし」

「それもまたレイン様の強さの一部でしょう？」

リリィはますます目をキラキラさせる。

彼女ほどの冒険者に称えられると、反応に困るな。

「と、とりあえず、これで大量の強化ポイントが手に入ったぞ」

照れをごまかすために俺は話題を変えた。


『術者の戦闘経験が一定値に達しました』

『術者の付与魔術がレベル２にアップしました』

『付与魔術に新たな領域が追加されます』


アナウンスが流れる。

「付与魔術の……新たな領域？」

一体、なんの話だ――？

※

その日、『王獣の牙』のギルドマスター、バリオスはある客の訪問を受けていた。

「こ、これは『星帝の盾』のギルドマスター様。ようこそおいで下さいました」

バリオスは恭しく頭を下げた。

相手もこちらも同じ『ビッグ５』に数えられる冒険者ギルドだ。

だが、ギルドの歴史が数十年は違う。

こちらは数年前から一気に躍進してトップに躍り出た新興ギルド。対する『星帝の盾』は歴史上最古の冒険者ギルドの一つで、いわば老舗中の老舗である。

必然、相手の方が序列が高いような態度を取ってしまう。

「突然の訪問で申し訳ない。ですが、お耳に入れたい情報がございましてな」

マスターは声を潜めた。

「できれば、人払いをしたうえで……」

「……承知いたしました。では私の執務室までお越しいただけますか」

バリオスは相手のマスターと向かい合っていた。態度こそ平静を装っているものの、内心では緊張が高まっていた。

（な、なんだ……なぜ『星帝の盾』のマスターが急に訪ねてきた？　それもあまり喜ばしい案件ではなさそうな雰囲気だが……）

嫌な予感がした。

「単刀直入に言います。貴ギルドは現在、危うい立場に立たされております」

「危うい立場……と申されますと？」

最近の達成率低下のことだろうか？

ギルド所属の冒険者たちが次々に脱退、あるいはその予定――という情報をつかまれたのだろうか？

最近の成績不振により、早くもいくつかのメインスポンサーから資金提供の打ち切りをほのめかされていることだろうか？

それとも――？

「我々冒険者は力がすべてです」

相手が切り出す。

「モンスターの討伐や護衛、探索、採集などの依頼をしかるべき冒険者に仲介し、高い成功率を達成する――それができないギルドは淘汰《とうた》されていくでしょう」

「と、淘汰だと……！」

バリオスが目をむいた。

「今すぐ、ではありません。ですがいずれ……あるいは近い将来、貴ギルドが恐ろしい勢いで没落していったとしても、私は驚かない。すでにその兆しは見えているのではありませんか？」

「ぐっ……」

　マスターの目は鋭かった。

「あ、あなたは我がギルドを糾弾しに来たのですかな？」

「糾弾？　いえ、私はただあなた方を案じているだけですよ。今や内部崩壊寸前——所属している冒険者たちのことを、ね」

　マスターが冷たく言い放つ。

「それを招いた者は断罪されるべきだとも思っています」

「……私のことを仰っているのでしょうか？　だとすれば、いかにあなたとはいえ、聞き捨てなりませんな」

「私が申さずともご自身が一番よくお分かりでは？　ただ同じ『ビッグ5』のよしみで忠告に参っただけです。ギルドが崩壊することになったとしても、そこに所属している者たちの中には志を持って冒険者をしている者もいるでしょう。そんな者まで巻き込まれるのは忍びない」

　マスターが憂いのこもった息をもらした。

「ギルドマスターであるあなたには善処していただきたい。ご自身が破滅することになったとしても、せめて冒険者たちになるべく被害が出ぬよう……」

　言うだけ言って『星帝の盾』のマスターは帰っていった。

「ええい、腹立たしい！」

　彼が帰るなり、バリオスは壁を殴りつけた。

ぼこっ、と高級な素材の壁が凹むが、気にする余裕はなかった。怒りが少しずつ引き、代わりに強烈な不安が押し寄せてくる。

「お、おかしい……どうなっている……俺はただレインのやつを追放しただけだ」

バリオスは頭をかきむしった。

悪い夢を見ているようだった。まだ彼を追放して二週間も経っていないのである。

「なんでギルドがここまで落ちぶれていくんだ……？　あり得ないだろ……なんでだ……俺は大陸最強ギルドのマスターだぞ……金も名誉も地位も女もより取り見取り……なのに……なのに……っ！　く、くそぉぉぉぉぉぉぉぉぉっ！」

——一週間後、ギルド所属の冒険者が続々と離脱することになるのを、このときの彼はまだ知らない。

※

『術者の戦闘経験が一定値に達しました』
『術者の付与魔術がレベル2にアップしました』
『付与魔術に新たな領域が追加されます』

ベフィモスを撃破すると、そんなアナウンスが流れた。

「付与魔術の新たな領域……？」

なんだ、それは。聞いたこともないぞ……。

「どうかしましたか、レイン様」

「うーん……どうも俺の付与魔術が少し成長したみたいなんだ」

たずねるリリィに答える俺。

「えっ、レイン様の付与魔術がさらに強くなった、ということですか⁉　すごいです──」

彼女は目を輝かせて俺を見つめた。

「『付与魔術に新たな領域が追加された』って声が聞こえたんだけど、具体的にどういうことなのかが分からないんだよな。詳細に教えてくれるか？」

最後の言葉はいつものアナウンスの『声』に対する質問だ。

『術者の質問を確認』

『付与魔術の新たな領域とは──』

「何者だ！　この神聖な領域に立ち入り、あまつさえ地皇獣まで殺した奴は！」

『声』の答えをさえぎるように、そんな怒声が響き渡った。

「こいつは――」

まさか。

「剣を守る上級ドラゴン……⁉」

リリィがつぶやく。

次の瞬間、壁を突き崩しながら、巨大なシルエットが出現した。

二本の首と二対の翼を持つ、竜。

「やっぱり上級ドラゴンか！」

俺たちの戦いを感知してここまでやって来たのか。

ドラゴンの二つの顔はいずれも俺たちをにらみつけている。戦う気満々だ。

「まあ、ちょうどいい。お前を倒せば、剣を安全に手に入れられるだろうからな」

「レイン様、まずあたしが仕掛けます！」

言うなり、リリィが突進した。

「スキル【斬竜閃《ざんりゅうせん》】！」

繰り出された剣が上級ドラゴンの胴部を切り裂く。

「くっ、浅い――」

「その程度の踏み込みでは、我が鱗は貫き通せん！」

ドラゴンが反撃を繰り出す。

長大な尾の一撃を避けきれずに、リリィは俺の足元まで吹っ飛ばされた。

「リリィ、大丈夫か⁉」

「は、はい、なんとか……ですが、もはや動けません……」

リリィがうめいた。

「たった一撃でこの様《ざま》とは……恥ずかしいところをお見せして、申し訳ありません……」

「気にするな」

今にも泣きそうな顔をするリリィに、俺はにっこりと笑って言ってみせた。

『付与魔術、第二術式の起動が可能です。起動しますか？』


アナウンスが流れた。

「第二術式？」

俺の付与魔術の内容はこうだ。

武器や防具に強化ポイントを込め、その威力や効果を高めることと、自分で撃破したモンスターから『強化ポイント』を奪取すること。

これらをひっくるめたものが、『付与魔術の術式』である。

じゃあ、第二の術式って一体――？

「あ、さっきの『付与魔術の新たな領域』ってやつか？」

『その通りです。第二術式とは――』

アナウンスが、その内容を説明する。

「――付与魔術にそんな使い方があったのか」

俺はごくりと喉を鳴らした。

付与魔術、第二術式――こいつを使えば、今までとは比べ物にならないくらいに戦い方の幅が広がるだろう。

「侵入者どもめ。勇者エルヴァインの剣は我のものだ。誰にも渡さん……！」

上級ドラゴンが吠《ほ》えた。

「どうしても欲しくば、力で奪ってみせよ」

「力ずくがお望みなら、そうさせてもらう」

俺は剣を手に歩み寄る。今持っている剣は、強化ポイントのほとんどをつぎ込んだ対上級ドラゴン用の剣――『＋８７００』を付与した鋼の剣だ。

これだけでも上級ドラゴンを倒せる可能性は十分にある。以前に中級ドラゴンと戦ったときは、『＋１００００』の鋼の剣で瞬殺だったからな。

ただ、相手はそれより格上の上級ドラゴンである。

「念のため――確実な手段を取らせてもらう。今俺ができる最強の攻撃手段で」

「ほう？　やってみるがいい」

「リリィ、君のスキルを借りるぞ」

俺は彼女に微笑んだ。

「えっ」

驚いたようなリリィにうなずき、

「付与魔術、第二術式起動――」

呪言を唱え、そして念じた。


『リリィ・フラムベルの剣術スキル【斬竜閃】を学習《ラーニング》』

『強化ポイント「＋３０００」を消費し、スキルを強化したうえで、術者レイン・ガーランドに付与する』


「３０００か……けっこう消費するんだな」

さっきベフィモスを倒して得た強化ポイントがほとんどなくなってしまった。

「だけど、おかげで一時的に扱える。Ｓ級冒険者と同じ剣術スキルを――」

そう、付与魔術第二の術式は、俺が一度でも見たことがあるスキルをコピーし、一時的に俺自身に付与できる。その際、スキルに応じて強化ポイントを消費することになるが……。

代わりに、俺が素の状態では絶対に会得できないような超強力スキルだって使用可能になるわけだ。しかも、そのスキルは本来よりも数段強化されたスキルに変化する。

いくぞ、これが『＋８７００』で強化された鋼の剣とＳ級冒険者の剣術スキルをさらに強化したスキルによる超絶の斬撃――。

「【虹帝《こうてい》斬竜閃】！」

放った斬撃は、虹色の衝撃波となって上級ドラゴンを切り裂いた。なおも衝撃波は竜のような形になってまとわりつき、上級ドラゴンの巨体を消滅させていく。

すべてを切り裂き、すべてを消し去る――最強の斬撃スキルだ。

代償に、今使った剣は跡形もなく消滅していた。

「ば、馬鹿な……お前の力は人間に許された領域を……こ、超えている……神や魔王の領域に……ぐうっ……」

うめいて、上級ドラゴンは倒れ、消え去った。

周囲にはまだエネルギー流が渦巻いている。

「神や魔王の領域……？」

さすがにそれは大げさすぎないか？

以前のギルドでずっと付与魔術を使い続けてきたせいで、俺の力はかなりレベルアップしているみたいだけど――。

「これが――『燐光竜帝剣』か」

上級ドラゴンを倒した俺たちは、その後は特に苦労することなく最深部に到着。

宝物庫に安置されていた剣を手に取った。

伝説級の剣、『燐光竜帝剣』。

これなら強化ポイントをもっとつぎ込んでも実戦に耐えられるかもしれない。それはつまり、俺が武器の耐久力を気にせず、力のすべてを発揮できるということだ。

上級ドラゴンどころか、それ以上の敵さえも打ち倒し、あらゆる討伐クエストを達成する――そんなことさえ、できるかもしれない。

その力で何を為していくかは――これからゆっくり考えよう。

第3章　さらなる躍進

『星帝《せいてい》の盾』のギルドマスターと会ってから一週間が過ぎていた。

その一週間で『王獣の牙』を取り巻く環境は激変していた。

「き、今日だけで四十人の脱退者がいるなんて！　どうなってるのよ！」

副ギルドマスターの一人、中年女剣士のグレンダが叫ぶ。普段は強気すぎるほど強気な女が、これほど取り乱しているのを見るのは初めてだった。

「くそっ、昨日も四十人近く脱退したんだよな⁉　急にみんながここを離れるって、おかしいだろ、おい！」

怒声を上げたのは、野生的な風貌の戦士コーネリアス。彼も冷静さを完全になくしているようだ。

「おのれおのれおのれおのれ……何がどうなっているのだ……うぐぐぐぐ、神よ……おのれぇっ……！」

顔を真っ赤にして怒りを抑えているのは、老僧侶のゲイルだった。先ほどから僧侶にはあるまじきことに、神への悪態をついていた。

そして――ギルドマスターのバリオスは無言だ。

といっても、落ち着いているわけではない。

むしろ逆だった。

あまりにも急激なギルド崩壊に頭がパニックになっているのだ。言葉が出てこないほどに――。

ああああああああああああああああああああどうすればいいどうすればいいどうすればいいどうすればいいああああああああああああああああ

頭の中が混乱と焦りと不安で埋め尽くされている。

「マスター、ギルド連盟の方がお越しです」

「ギルド連盟だと？」

秘書が呼びに来て、バリオスは眉をひそめた。

嫌な予感がする。この状況で連盟が『王獣の牙』にやって来るということは――。

「状況確認、か」

「ちょっと。確認だけで済むの？」

グレンダがたずねる。

「俺たちの状況を知られて、『ビッグ５』の認定を取り消されるなんてことは――」

「残念だが、現在の我らは戦力半減以下。とても最強ギルドの一角は担えんからの……」

コーネリアスとゲイルも弱気だ。

「くそっ、どうすればいいんだ……！」

バリオスは奥歯を嚙《か》み締めた。呆然《ぼうぜん》としたまま、頭が回らない。

「い、いや、まだだ。奴らの用事が何かは分からない。案外、俺たちの苦境を手助けしてくれるかもしれない……」

言って、バリオスは連盟職員のもとに向かう。

「貴ギルドの状況は複数の関係機関からつかんでいます。我らの上層部からは、貴ギルドの『ビッグ5』認定を取り消すべきでは、という意見まで出ておりまして――」

連盟の人間から告げられたのは、淡い期待を打ち砕く一言だった。

※

俺が剣を手に入れてから一週間が経っていた。

「お帰りなさい、レインさん！」

ギルドに戻るなり、俺のもとに一人の少年が走ってきた。

『青の水晶』に所属する冒険者のラスだ。

職業は剣士で、年齢は十四歳。まだ若いけれど、すでにC級だった。

B級昇格も間近で、いわゆる有望株というやつである。

「首尾はどうでした？」

「ああ、ちょうどギガサイクロプスが村を襲おうとしてたから討伐してきたよ」

「えっ、もう倒したんですか？　すげー、さすがレインさんだ！」

ラスが歓声を上げた。目をキラキラさせて俺を見つめる。

どうも彼は俺に憧れているらしい。

あと、彼の剣を強化してやったんだけど、そのことにもかなり恩義を感じているようだ。

以来、何かあれば『レインさんレインさん』と駆け寄ってくるようになった。弟ができたようで悪い気分じゃなかった。

「ふふ、今日も仕事が早いですね、レインさん」

受付窓口に行くと、ニーナが笑顔で出迎えてくれた。

「人間や家畜、それに作物にもかなり被害が出ていたそうだし、早めに処理できてよかったよ」

「きっと村の皆さんも感謝していますよ」

「ああ、帰り際に村の人たちが総出で見送ってくれたんだ。自分のしたことが、あの人たちの助けになったんだ、って実感できて嬉《うれ》しい」

そういうのって、冒険者としての醍醐味《だいごみ》かもしれない。

「さすがは我がギルドのエースだ。もちろん俺もまだまだ負けんぞ。がはは」

バーナードさんが豪快に笑いながら話しかけてきた。

戦士のような体格の良さだが、この人は魔法使いだ。俺が来る前の『青の水晶』で序列一位——つまりエースだった人。

俺は冒険者といっても裏方がメインで、あまり前線に出ることがなかった。だから、経験豊富なバーナードさんにはいろいろと教えてもらっていた。

「俺はレッドワイバーンを討伐してきたぞ。ほら、素材だ」

と、ワイバーンの牙をカウンターに置くバーナードさん。

「いつの間に……すごいです」

「赤型《レッドタイプ》のワイバーンは、お前の強さなら一撃で倒せるだろうが、出没地点を予測するのが難しいからな。俺は長年の経験でそういう予測は得意だ」

「適材適所ですね」

ニーナが笑う。

「ええ、俺が出向いていたら、きっとバーナードさんより時間がかかってました。感謝します」

「ふむ、謙虚な気持ちは忘れてないらしいな。俺から伝えられる知識は何でも伝える。だから、これからも頼むぞレイン。頼りにしてるからな」

バーナードさんが俺の肩をポンと叩《たた》いた。

「がんばります！」

俺は力強くうなずく。

「お、我がギルドの双璧、レインとバーナードさんがそろっているな」

ギルドマスターのエルシーさんがやって来た。

「さっき連盟から連絡があったんだ。最近の実績が目覚ましいということで、『青の水晶』のギルドランクが上がったぞ。みんなの——特にレインとバーナードさんの頑張りのおかげだ」

「ランクアップ？　おめでとうございます！」

俺はエルシーさんに微笑んだ。

「わーい、やりましたね！」

「ふむ、これで最底辺から脱出だな」

ニーナやバーナードさんもうれしそうだ。

——こんな感じで俺たち『青の水晶』は上手く回っていた。

きっとこれから、もっと発展していくはずだ。


数日後、俺のもとに訪問者があった。

「私は『覇王竜《はおうりゅう》の翼』のギルドマスターです。レイン殿にお話があって参りました」

『青の水晶』にやって来たのは、先日『光竜の遺跡』に挑む際に立ち寄った、ギルドの長だ。

『覇王竜の翼』は、大陸最強の五つの冒険者ギルド『ビッグ5』の一つ。そこのマスターが、俺に何の用だろう？

「ああ、この間の……またお会いできて光栄です」

俺はマスターに一礼した。

「実は君に話がありまして」

「話って……私にですか？」

たずねる俺。この間は、俺はD級冒険者としてリリィのおまけみたいに見られていたんだけど……。

マスターはうなずき、

「ここでは少し……場所を移しませんか」

俺はギルドの応接間を借り、マスターと話していた。

「君を我が『覇王竜の翼』の所属冒険者としてスカウトしたいのです」

マスターは単刀直入にそう言った。

「私が……『覇王竜の翼』の冒険者に？」

「ええ。他にもスカウトは来ていると思いますが……」

「いえ。初めてです」

「そうですか！」

たちまちマスターの顔がパッと輝いた。

「では、どうでしょうか？　専属契約ということで他の冒険者とは一線を画する報酬を考えています。各種手当も最高レベルの金額で――」

「うーん……正直、私は」

俺は首を左右に振り、

「貴ギルドに誘われたことは、すごく光栄です。素直に嬉しいです。ただ、私は報酬額やギルドの規模よりも、この『青の水晶』が気に入っています。当面はここでがんばりたいし、私の力でこのギルドの躍進に少しでも貢献できれば、それで十分なんです」

もともと、前のギルドを追放されたときに、これからは気ままに生きたいと思っていた。だから、俺はとりあえず今のままでいい。

「――意志は固いようですね。残念ですが、承知いたしました」

「遠方からご足労いただいたのに申し訳ありません」

俺は深々と頭を下げた。

「いえ、私の方こそ突然押しかけ、無礼なお誘いをしてしまいました。本当に申し訳ない」

マスターも深々と頭を下げる。

「それと、一つお詫《わ》びをさせていただきたい。先日、君が聖騎士リリィと訪ねてきたときに、私は君のことをD級冒険者として心の中で軽んじていました。肩書きや階級だけで、その中身を見ることを怠っていた……非常に恥ずかしく思っています」

「い、いえ、そんな……」

「君に我がギルドに来ていただけないのは残念です。いつか気が向いたらぜひ……それでは君のこれからの活躍を心から願っていますよ」

マスターはそう言って、去っていった。

俺はしばらくボーっとしていた。

大陸最強の『ビッグ５』の一つから俺が誘われるなんて、なんだか夢みたいな話だ。

ほんの数週間前なら、絶対に考えられなかった。

だが、驚きのスカウトはまだ終わらない。

その数時間後——、

「レイン・ガーランド殿、あなたを我がウラリス王国に勇者として招待したい」

「ゆ、勇者……」

「できれば、我が国の所属になっていただきたく」

大陸最強ギルドの次は、国からスカウトの使者が来たらしい。

一体、今日はどうなってるんだ——。


俺が『光竜の遺跡』で手に入れた伝説級の剣『燐光竜帝剣《レファイド》』。

それはもともと古《いにしえ》の勇者エルヴァインの剣だったという。

彼は強大なドラゴンとの戦いを終えたのち、剣を遺跡に安置した。その後、遺跡に住み着いた上級ドラゴンがその剣を守護するようになり、誰も剣を手にできなくなったのだが——。

「勇者エルヴァインは我がウラリス王国出身なのです」

と、使者が言った。

「そのエルヴァインの剣を、先日あなたが手にされたと聞きました。いわば、あなたは勇者の後継者。ぜひ我が国にお迎えしたい」

「えっと、先ほどの話では私を貴国の所属に、とおっしゃいましたが……」

今日二件目のスカウトに俺は戸惑いつつもたずねる。

「具体的にはどういうことでしょうか？」

「あなたの国籍や居住地登録を我が国にしていただきたい。次に、衣服や鎧《よろい》には我が国の紋章をつけていただきたい。要は、あなたは我が国の人間として、伝説の剣を振るい、人々を守る現代の勇者として戦う――そういった構図にしたいのです」

つまりは、広告塔というやつか。

「どうでしょう？　無論、報酬は望むままを用意しましょう。金も名誉も、あるいは女がお望みならいくらでもそろえますよ。ふひひ」

冗談なのか本気なのか、下品に笑う使者。

「私は――今の暮らしで満足しています。貴国の人間となり、その所属として剣を振るう――という話には、あまり気が乗らなくて」

「気が乗らない？　なぜです？」

使者は顔をしかめてたずねた。

大方、俺が二つ返事で承諾するとでも思っていたのだろう。

「失礼ながら、こんな吹けば飛ぶような冒険者ギルドに所属するより、我が国の勇者として生きたほうが、ずっと幸せな人生を送ることができると思いますが」

「……確かにこのギルドは小規模ですが、それぞれが精いっぱい責任ある仕事をこなし、温かな情もあります。『青の水晶』を軽んじるような発言は聞き捨てなりませんね」

「うっ……」

たじろぐ使者。

「あいかわらずウラリスは他国を見下すような言動を取るじゃねーか」

バーナードさんが歩いてきた。

「……！　貴様はまさかバーナード・ゾラ⁉　ウラリスの元宮廷魔術師がこんなところで何をしている――」

「こんなところで悪かったな。『青の水晶』は居心地がいいところだ。少なくともお前らの宮廷よりはずっとな」

バーナードさんが鼻を鳴らした。

「それと――うちのエースを軽々しく勧誘するんじゃない。どうしても、というなら、まずこの俺を通してもらおうか。ん？」

「ぐっ……！」

使者は明らかにひるんでいるようだった。

「で、では、あなたが拒否した旨を王国に報告します。わ、私はこれにて――」

逃げるように去っていく使者。

「バーナードさん……」

「このギルドを悪く言われたんでつい、な」

ばつが悪そうに頭をかくバーナードさん。

「いえ、頼もしかったです。でもウラリスの宮廷魔術師だったというのは驚きました」

「昔の話だ」

バーナードさんはふっと笑った。

「今はここに所属する一冒険者。宮仕えより、その方がずっと性に合ってるよ」


「今日のクエストを達成してきたよ。確認を頼む」

「お帰りなさい、レインさん。今日も早いですね」

「近場だったし、すぐモンスターを発見できたからな」

「さすがは我がギルドのエースです」

「エースって呼ばれ方は、なんか面《おも》はゆいっていうか、どうも慣れないんだよな……」

俺は照れ笑いを浮かべた。

「レインさんらしいですね」

ニーナもくすりと笑う。

「ふふ、今日も仲がいいのね。うらやましい」

隣の窓口から受付嬢のメアリが笑った。ニーナと同い年の十七歳で、赤いショートヘアにそばかすの浮いた愛嬌《あいきょう》のある顔立ちの娘だった。

「たまにはあたしのブースにも来てよ、レインさん」

と、誘うメアリ。

「なんとなく、いつもニーナのところに来ちゃうんだよな。やっぱり慣れてるし……」

「まあ、ニーナは優秀だしねー。レインさんがギルドのエースなら、ニーナは窓口のエースだもん」

「そんなことないよ、メアリちゃん」

「この前だってあたしがギルド規則への質問で困ってたら、隣から教えてくれたじゃない。あの鮮やかな解決っぷりは見ほれちゃった」

「て、照れるなー、もう」

と、顔を赤くするニーナは可愛かった。

「いつも助けてもらってるからねー。感謝感謝」

「えへへ」

他愛のないやり取りも微笑ましい。

「いつもニーナにお世話になってるんだし、食事にでも誘ってあげたら、レインさん?」

「食事?」

突然の提案に少し戸惑ってしまう。

「ニーナも喜ぶと思うな」

「ち、ちょっと、メアリちゃん……」

「そうだな。確かにいつも世話になってるし」

幸い、手持ちの金は最初の想定よりもずっと多い。ニーナにおごるくらい、なんてことはない。

「ふふふ、ニーナへの援護射撃成功ね」

「援護射撃？」

「あ、ひょっとして、レインさんって鈍いタイプ？」

と、メアリ。

「なんの話をしてるんだ？」

「うん、間違いなく鈍いタイプだね」

「もう、メアリちゃんったら」

一方のニーナはますます顔を赤くしている。

「……でも、ありがと」

ぽつりとつぶやいた。

「？？？」

さっきからのやり取りが、今一つ飲み込めない……。

※

「くそっ、俺たちを『ビッグ５』から除外するだと⁉」

バリオスは怒声を上げた。まだ怒りが収まらない。

新興とはいえ、『王獣の牙』は大陸最強の一角と認められた冒険者ギルドだ。それを、ちょっと調子を崩したくらいで、その座を取り上げようとするとは――。

「見る目のない無能どもが……っ！」

腹立たしい。まったくもって腹立たしい。

その元凶となった男――レインの顔が脳裏に浮かんだ。

「全部あいつのせいだ……」

胸の奥からドス黒い衝動が沸き上がる。

「あいつを――レインを殺す」

「ち、ちょっと待って。さすがに暗殺はまずいんじゃない？」

と、グレンダ。

「うるさい！　あいつが武器や防具の強化を解除したせいで、俺たちはとんでもない目にあっているんだ。報いを受けるのは当然だろう」

そうだ、殺してやる。

一度考えを言葉にしたことで、バリオスの衝動はより明確になった。

「すべてあいつが悪いんだから……！」

「落ち着け、バリオス。明らかに冷静さをなくしているぞ」

「うるさい！」

たしなめるゲイルの言葉にも聞く耳を持たなかった。

バリオスは幹部たちとの会議を終えると、さっそく刺客を手配すべく準備に入った。このギルドは暗殺者ギルドとのつながりもある。そこに連絡を取る。

「腕利きの奴を頼む。報酬は言い値で払う」

「分かった。だが、そいつの報酬は相当高いぞ」

「俺を誰だと思っている。天下の『ビッグ５』のギルドマスターだぞ。金の心配はせずに最上級の暗殺者を手配しろ――」

※

そのころ――。

「ねえ、これからどうする？」

「バリオスの奴、最近は明らかに様子がおかしいからなぁ」

「まさか、レインを殺すなどと言い出すとは……」

三人の副ギルドマスターはバリオスと別れた後、ひそかに話していた。

「もうバリオスはダメだと思うのよね」

「ああ、俺も切り捨てるべきだと思う」

「いっそ儂《わし》らもここから離脱するか」

「もっと条件のいいギルドを探すのもいいかもね」

「ああ、そうだ」

「いずれにせよ、ここからは離れることになりそうだ……」

※

その日も、俺は討伐クエストに挑んでいた。

「モンスターはどこだ……？」

懐から懐中時計くらいの大きさの魔獣探知機《レーダー》を取り出す。

その名の通り、モンスターの位置を測定する魔法道具だ。

ただし、こいつには俺の強化ポイントを『＋５０００』ほど注いである。おかげで通常のレーダーとは桁違いの探知性能を備えていた。

「――前方にいるな。竜魔法で空間迷彩をかけてるのか」

空間を変質させ、通常探知をすべて無効化するハイレベルの隠密魔法。

だけど、俺の強化レーダーの前にはその位置は筒抜けである。

「とりあえず、あぶりだそう」

俺は投石機を使い、石を放った。

当然こいつも強化済み。音速を超えて飛ぶ石が、空間の向こうにいるモンスターを直撃する。

があっ⁉

驚きと怒りの声とともに、空間が揺らいだ。

その向こうから現れる巨大な赤い竜。

「こいつがフレイムマスタードラゴンか」

炎を統べる竜と呼ばれ、七種の火炎のブレスを操るA級モンスターだ。

そして今回の討伐クエストの対象——。

「いくぞ、『燐光竜帝剣』」

俺は剣に声をかけた。

こいつには『+10000』の強化ポイントを注いである。

俺がマックスで注げる強化ポイント量は+30000だが、そこまで注ぐと、いくら伝説級の武器といえども耐えられるかどうかわからない。とりあえず+10000で様子見をしているところだった。

まあ、+10000でも今のところすべてのモンスターを瞬殺しているから問題ない。

ごうっ！

俺が振り下ろした『燐光竜帝剣』がフレイムマスタードラゴンを両断した。

火炎のブレスも一緒に両断されている。

「よし、快調だな」

伝説級の剣だけあって、+10000の強化ポイントを注いでも刃こぼれ一つしない。そしてA級モンスターを倒しただけあって、大量の強化ポイントが手に入った。分量は+3000だ。

俺はギルドに戻った。

「今日もみんなの武器に強化ポイントを込めます」

「いつもありがとうございます、レインさん」

「レインさんに武器を強くしてもらえるのが心強いです」

「他のみんなも前よりもずっとクエストがやりやすくなった、って言ってますよ」

『青の水晶』所属の冒険者たちが礼を言う。

こんなふうに感謝してもらえると、俺としてもやりがいがある。以前のギルドじゃ『やってもらって当然』って内心ではそう思われていたみたいだからな……。

「あ、次で１５００を使い果たしますね。今日はここまでです」

５人の武器や防具に強化ポイントを込めたところで打ち止めになった。

みんなも遠慮していて、いつの間にか、手に入れた強化ポイントの半分を俺に、残りの半分をみんなの武器に込めていく、というルールになっているのだ。

だから今日はフレイムマスタードラゴンから手に入れた＋３０００の強化ポイントの半分——＋１５００をギルドのみんなに使うことになる。

また、この作業にはギルドから報酬が出る。以前のギルドではただ働きだったからありがたいし、嬉しい。

このギルドでなら、俺ももっとがんばりたくなる。

みんなのために。

第4章　最強への道を駆け上がる

昼過ぎになり、俺はギルドの建物内にある食堂にいた。

ちょっと遅めの昼ご飯である。

注文したメニューが来るのを待っていると、

「あの、隣よろしいですか？」

「どうぞ……って、ニーナか」

「えへへ、ちょうど私も休憩時間なので」

微笑みながら、俺の隣に座るニーナ。

ほどなくして、ウェイトレスさんが俺たちのもとに料理を運んできた。俺は定食Bセットで、ニーナはスパゲティだ。

「相変わらず美味しいな、ここの定食。値段も良心的だし」

「ここの料理は冒険者たちが仕留めた獲物をふんだんに使ってるんですよ。だから新鮮です」

俺たちはにこやかに食事を進めていた。美味しい食事は心を癒やしてくれる。

「へえ」

「ギルドランクはまだまだ低いですけど、食堂のランクならS級にだって負けない、って食堂のおばちゃんがよく言ってます」

「確かにS級だ。美味しいよ」

「へえ、嬉《うれ》しいこと言ってくれるじゃないか」

カウンターの向こうから太った女性が笑顔を見せた。

「あの人は――」

「さっき言った『食堂のおばちゃん』です。ここの厨房《ちゅうぼう》を仕切ってるんですよ」

「どうも。いつもごちそうさまです」

「ああ、あんたが最近ギルドに入ったっていうレインさんかい？　凄腕なんだってねえ」

「いや、そんな……」

「そこにいるニーナちゃんも嬉しそうにあんたのことを話してるよ。素敵な人だ、とかなんとか」

「えっ、やだ、おばちゃん……っ」

ニーナが顔を赤くした。

「そ、その話は本人の前で言わないでぇ……」

と、顔を両手で覆ってしまう。

「え、えっと……」

俺の方もどういう反応していいか分からないな。ニーナって、俺のことをそんな風に話してくれてたのか……。

「ははは、初心《うぶ》だねぇ」

豪快に笑うおばちゃん。

ふとカウンター越しの厨房に目を向ける。

美味しそうな匂いが漂ってきた。ただ、竈《かまど》の辺りに修理中と書いてあったり、全体的に少しボロい感じがするぞ……？

「ああ、ちょっと色々傷んでるんだよ、うちの厨房。随分前から使っている器具もあるからね」

と、おばちゃん。

「全体的にだいぶガタが来た厨房だけどね。そこは料理人の腕で補うさ」

ニヤリと豪快に笑う。

実際、料理はすごく美味しいもんな。

「すみません。修繕費が捻出できないか、もう一度エルシーさんに掛け合ってみます」

ニーナが頭を下げた。

「いいよいいよ、ニーナちゃんに文句言ってるわけじゃないからさ。もちろん、ギルドマスターにもね」

おばちゃんが笑う。

「ここの財政が苦しいのはみんな知ってる。その中で最善を尽くそうと頑張ってるのさ」

「財政が苦しい……か」

俺にできることはあるだろうか。

「やっぱり――実績作りかな」

「実績作り、ですか？」

「ああ、俺がもっとこのギルドのために活躍する」

俺はニーナに言った。

以前、ウラリス王国の人間が来て、俺を勇者という広告塔に仕立て上げようとしていた。

大したゆかりもない国のために、そんなものになるつもりはない。けど、世話になっているこのギルドのためなら話は別だ。

「今の冒険者ランクはD級だけど、実績を積み重ねていけば、もっと上に行けると思うんだ。今の段階でも次の更新でたぶんCか……もしかしたらBくらいまでは昇級できるかもしれない」

冒険者ランクというのは、全ギルド共通で通用する指標だ。

そのランキングはギルド連盟という組織が管理している。各地にある数百もの冒険者ギルドのすべてをまとめる統括組織である。連盟は各冒険者ギルドから所属冒険者の実績報告を受け、それをもとにランキングを作成している。

「次のランキング更新発表はちょうど明日ですね」

と、ニーナ。

基本的に更新は一ヵ月に一度だ。

俺がここに入って三週間ほど。『青の水晶』所属冒険者として初めて迎える、ランキング更新日ということになる。

「ランキングが上がっているといいですね。私も応援してますっ」

「ありがとう、ニーナ」

「あ、それと……さっきおばちゃんが言ったことは、その」

ニーナが恥ずかしそうにモジモジしていた。

「だから、えっと、私がレインさんのことを食堂で話している、っていう」

「ああ」

「き、気を悪くしましたか？　もちろん、悪口とかじゃなくて、レインさんは本当にすごい、っていうことを話しているので――」

「そんなこと疑ったりしないよ。ニーナはそんな人じゃないだろ」

「レインさん……」

ニーナがはにかんだ笑みを浮かべる。

「おやおや、いい雰囲気だねぇ」

「お、おばちゃん、そういうこと言っちゃだめぇ……」

また顔を赤くするニーナ。

かわいらしい子だなぁ……俺はほっこりしてしまった。


そして翌日。

「おめでとうございます、レインさん！」

ギルドに行くと、窓口からニーナが駆け寄ってきた。

「さっき更新されたランキングが発表されました。レインさんはＤ級からＢ級への二ランクアップだそうです！」

「Ｂ級か……！」

Ｓ級が英雄、Ａ級が超一流、そしてＢ級は一流――。

一般的にはそう言われている。

これで俺も一流冒険者の仲間入り、ということになる。

このギルドだとＢ級は他にバーナードさんだけである。あとはラスがＢ級も間近といわれていて、十代ではかなりすごい。

「あっという間にＢ級ですね」

「ああ。だけど終わりじゃない」

俺は拳を握り締めた。

「俺はさらに上を目指すよ」

Ａ級、そしてＳ級に――。

かつて『王獣の牙』にいたころには考えられなかった目標。

だけど、こうしてＢ級まで上がったことで具体的なイメージができてきた。

「けど、Ａ級やＳ級ってどれくらいの実績を積めばなれるんだ？」

「上のランクに上がるには『昇格クエスト』というものがあるんだ」

話しかけてきたのは、ギルドマスターのエルシーさんだ。

「昇格クエスト……ですか？」

俺は小さく首をかしげた。

実は冒険者ランクの昇格システムについては、あまりよく知らない。

俺にはランキングなんて縁がないものと諦めていたからな。

少なくとも『王獣の牙』にいたころは裏方メインで、あまりクエストをこなしていなかった。

当然、実績面ではゼロに近く、底辺のＤ級にとどまっていたわけだ。

Ａ級やＳ級なんて、俺とは別世界の華やかな場所――。

そんなイメージだった。

その俺が今、ＡやＳを目指しているなんて不思議な気分だった。

と、

「Ｓ級を目指すんですか、レインさん！　やった、そうこなくっちゃ！」

今度は少年剣士のラスだ。

「ほう、お前がＳ級を目指す？　いいじゃないか、若者はどんどん羽ばたいていかないとな！　がはは」

さらにバーナードさんまでやって来た。

「話を戻すぞ。Ｂ級まではその冒険者の実績による自動認定でランキングが決まる。が、Ａ級以上は別だ。実績にプラスしてギルド連盟が指定している特別なクエストをこなさなければならない。

それを俗に『昇格クエスト』と呼んでいる」

エルシーさんが説明した。

「ちなみに実績については、君は現段階でA級認定を受けられるほどだ。何せあの『光竜の遺跡』を攻略しているんだからな」

「むしろS級でもおかしくないと思います」

ニーナが言った。

「あたしもそう思ったんだけど、聞いてみると『光竜の遺跡』攻略はレインに同行したリリィ・フラムベルの功績が大きかった、と判断されているようだな。主にレインの活躍で攻略した、と連盟が判断していたら、すでにS級認定の実績だったはずだ」

「えっ、でも遺跡攻略は実際にはレインさんの力が大きかった、ってリリィさんも後で言ってましたよ?」

「連盟はそう判断しなかったんだ。仕方がないさ……我々のような弱小ギルド所属の冒険者はどうしても評価されづらいんだ」

エルシーさんがため息をつく。

「すまないな、レイン」

「いえ。実績なんてこれから積めばいいんです。俺はまだまだがんばりますから」

にっこりとうなずく俺。

「そう言ってもらえるとホッとするよ。で、昇格クエストなんだが、これ自体も何種類かある。冒険者は自分の得意分野に合わせて、クエストの種類を選ぶんだ」

「なるほど……」

「必要なら後ですべて教えるが、とりあえず直近で受注できるのは――」

エルシーさんが俺を見つめる。

「中級魔族討伐だ」

「中級魔族討伐――」

俺はおうむ返しにつぶやいた。

中級魔族……か。

「ああ、もちろん魔族は普通のモンスターとは次元が違う強敵だ。S級やA級でも簡単には倒せない。だから、昇格クエストは集団戦なんだ」

と、エルシーさん。

「期日までに希望者を募り、全員で臨時パーティを組んで中級魔族に立ち向かう」

「パーティ戦……」

「実際の冒険者はパーティを組んで行動することが多いからな。個人の能力だけじゃなく、集団での連携能力なども同時に査定するようだ」

「なるほど」

うなずき、俺はエルシーさんに言った。

「その昇格クエストを受けます」

相手は強敵だけど『燐光竜帝剣《レファイド》』があれば問題ないだろう。

必ずクリアしてA級になってやる――。

そして、一週間後。

A級昇格クエストが行われる南部地方の台地に俺はやって来た。ここが今回のターゲット……中級魔族の出現予測ポイントなのだという。

で、そこで俺は彼女に再会した。

「レイン様、お久しぶりです！」

結い上げた金髪に赤い騎士鎧《よろい》を着た美少女——大陸最強ギルド『星帝《せいてい》の盾』のエースにしてS級冒険者、リリィ・フラムベルだ。

「リリィか。『光竜の遺跡』以来だな」

「あのときはお世話になりました」

「いや、こちらこそ」

「最近のレイン様の評判、聞いていますよ。大活躍みたいですね。あ、B級昇格おめでとうございます！」

「知ってたのか」

「もちろん！　あたしはレイン様の情報は詳細に追いかけています。遠からずS級まで来ると思うので」

微笑むリリィ。

「はは、まずはA級だ……って、リリィはどうしてここにいるんだ？」

Ｓ級の彼女がＡ級昇格クエストを受ける理由はない。

「実はギルドの後輩がこのクエストを受けるので付き添いに――」

「へえ、あんたがレイン・ガーランドか。リリィ先輩から話は聞いてるぜ」

声がして振り返ると、そこには一人の少女剣士が立っていた。

ツインテールにした黒髪に、リリィとよく似た赤い騎士鎧。年齢は十五歳くらいだろうか。

「俺はマーガレット・エルスだ」

名乗る少女。

俺という一人称だが、まぎれもない女の子のようだった。

「あんたとはライバルであり共闘する仲間ってわけだ。よろしくな」

「ああ、よろしく」

「彼女は『星帝の盾』の有望株です。よろしくお願いしますね」

と、リリィが俺に一礼した。

「へへ、すぐにＡ級……そしてリリィ先輩と同じＳ級になってみせるぜ」

マーガレットは張り切っているようだ。

他にも数名の冒険者が集まってくる。数は全部で六人。

全員、このクエストで共闘する『仲間』である。

「では、あたしはこれで。ご武運を祈ります」

言って、リリィは去っていった。Ｓ級である彼女はこのクエストにはかかわれないのだ。

「へへ、待っててくれよ、先輩。絶対リリィ先輩に良い報告をするからな」

ますます張り切るマーガレット。

そのとき、周囲の空間が鳴動を始めた。

「これは――」

中級魔族出現の予兆、か。

※

「全部あいつのせいだ……絶対に許さんぞ、レイン……！」

バリオスは恨みの言葉を吐きながら歩いていた。

ここは町外れにある酒場だ。

そして、先日連絡を取った『暗殺者ギルド』との取引場所である。

彼ら『暗殺者ギルド』は冒険者ギルドのように分かりやすい本部などはない。その職業の性質上、おおっぴらに関係施設を建てることができないのだ。

したがって、彼らとの取引はこうして目立たない場所で行われる。

「あんたが依頼人だね」

背後から声がした。

「――!?」

ゾッとする。

まったく気配を感じさせないまま、誰かが背後に立っていた。

「そうだ。殺しを依頼したい」

「了解。ターゲットは?」

「こいつだ」

と、似顔絵を出す。

「名前はレイン・ガーランド。現在は冒険者ギルド『青の水晶』に所属しているはずだ」

「了解」

互いに名乗ることもなく淡々と取引が進んだ。


「ふう」

酒場からギルドに戻ったバリオスは息をついた。

ちなみに今日も所属冒険者が三十人ほど離脱していった。

すでに所属冒険者の数は二百を切っている。少し前には五百人以上いたというのに、もはや半分以下だった。

一気に大人数が辞めたため、他の者も『このギルドは先行き不安だ』と感じて辞めていく。こうして離脱の連鎖が起こっているのだ。

「そのうち百人を切るかもしれんな……」

バリオスはどこか他人事のような気分でつぶやいた。危機感すら麻痺《まひ》してしまっていた。

そんな中で怒りや憎しみだけが、どこまでも増大する。

「せめて、あいつだけは殺す……殺してやる……ふひひ」

自然と笑みがもれた。

すべてレインのせいだ――。

そんな思考で凝り固まってしまっていた。

※

三人の副ギルドマスターが相談していた。

「――ねえ、どうする？」

中年女剣士のグレンダが声を潜め、他の二人にたずねる。

「どうするって？」

「バリオスか。どうやら『暗殺者ギルド』と接点を持っているようだの」

「あそこにかかわるのはさすがにまずいでしょ」

グレンダがため息をつく。

「暗殺ってことは――レインか」

「ふむ。一つ、我らで先回りしてレインに知らせに行くか。恩を売るのだ」

「いいかもね。あたしらも意地を張ってる場合じゃない。あいつに頭を下げてでも、今の状況をなんとかしてもらわないと――」

「噂《うわさ》じゃあいつ、高ランクモンスターを次々に狩ってるらしいからな……」

「実は強かった、ということかの。ともあれ、レインが暗殺される前に行くとしよう」

副ギルドマスターたちはうなずき合い、場を離れた。

すでに三人ともバリオスを見限っていた――。

※

ご……ごごご……ごぉぉぉっ……！

周囲の空間が鳴動している。

「これは――中級魔族が出てくるのか？」

「俺が確認する――【探知】」

マーガレットが目を閉じ、呪文を唱えた。

彼女はどうやら魔法剣士らしい。

【探知】はその名の通り、周囲の状況を探知する呪文だ。こういったクエストでは主に索敵のために使うことがほとんどである。

「異空間の――『魔界』との通路が開きかけてる！　あと数分で出てくるぞ、魔族が！」

マーガレットが叫んだ。

俺たちはいっせいに気を引き締める。

魔族は不定期に『魔界』からこの世界に現れる。

出現周期も、目的も、いっさいが謎。

ただ現れた魔族は人を襲い、大きな被害をもたらす。

そのために冒険者や各国の騎士、魔法使いたちがこれを討伐していた。

魔族が出現する前兆として、特殊な魔力波長が現れるため、これを利用して事前に魔族の出現を予知。出現予測地点に討伐者を向かわせる――というのが、冒険者ギルドでの魔族討伐クエストの仕組みである。

そして、数分後――。

マーガレットが探知した通り、空間が大きく歪《ゆが》んで巨大な怪物が現れた。

ヤギを思わせる頭に黒い巨体。コウモリに似た翼と尾。いかにも悪魔といった外見だった。

こいつが中級魔族――。

「片付けるか」

俺は腰の剣を抜いた。竜をかたどった柄とまっすぐに伸びた美しい刀身。伝説級の剣『燐光竜帝剣』だ。

「おっと、俺が先に行くぜ！」

飛び出したのはツインテールの少女剣士――マーガレットだった。

俺は剣を抜いた姿勢のまま、慌てて動きを止めた。

「攻撃に巻きこんでしまう！　下がってくれ、マーガレット」

この剣は＋１００００の強化ポイントを注ぎこんでいる。

俺の一振りで衝撃波が発生し、空間をも切り裂く。直接刃が触れなくても、攻撃の軌道上にいるだけで一緒に吹っ飛ばしてしまうのだ。

「はっ、あんた一人で魔族を片づけたら、俺は昇格できないだろ！」

マーガレットは退く気配がない。困ったもんだ。

「ピンチになったら、すぐ割り込むからな！　少しでも危ないと思ったら、すぐ逃げてくれ！」

俺は彼女に念押しした。

どのみち、言葉で言って退くような性格には見えなかった。

「へへ、俺だってリリィ先輩から直々に剣の手ほどきを受けたんだぜ。あの天才騎士から――だから、あの人に恥ずかしい戦いぶりはできねぇ！」

マーガレットが剣を振るう。

その剣速は一振りごとに加速していく。よく見ると、刀身がキラキラと光っていた。

「あれは――」

「刀身に【加速《アクセル》】の魔法をかけてんのさ！　だから、俺の斬撃は振るたびに速くなる！」

「なるほど……」

感心する俺。

「よ、よし、俺たちも！」

「ええ、加勢するわよ！」

他の冒険者たちも剣や弓矢を構え、いっせいに加勢を始めた。

「人間どもがぁっ！」

が、中級魔族もさすがに強い。

ぐごぉうっ！

衝撃波を放ち、マーガレットたちをまとめて吹っ飛ばした。

「一人残らず、殺す！」

魔族は巨大な剣を取り出し、叫ぶ。

「させるか！」

俺はすかさず『燐光竜帝剣』を構えた。

「すぐに片づけてやる——」

ぐごぉうっ！

魔族の放った衝撃波が俺のところまで飛んできた。

俺は——避けない。

ばぢぃっ！

眼前で弾け散る衝撃波。

俺だけは直撃を受けても無事だった。

着ている布の服はあの後も強化ポイントをつぎ込み、今は剣と同様に＋10000の防御強化を施してある。それに加え、状態異常を防ぐ魔法のアクセサリーを三つ身に付け、これらも当然＋10000の強化済み。

もっとも、それで手持ちの強化ポイントはほとんど使い果たしているから、他の装備品は付けていない。今後の討伐クエストでまた強化ポイントを貯めたら、次の装備品を考えるつもりだ。

——ともあれ、今は中級魔族戦である。

「なんだ……？　貴様、今何をした」

中級魔族が怪訝《けげん》そうな顔をする。

「防御魔法を使った様子もない。防具を身に付けているわけでもない。どうやって俺の攻撃を防いだのだ……!?」

「防具なら身に付けてるよ、ほら」

俺は自分が着ている服を指し示す。

「！　貴様、俺を愚弄するか！」

魔族がキレた。

「いや、本当にこの服が防具代わりなんだけど……」

「うるさい！　今度こそ殺す！　この俺の最強魔法でぇっ！」

魔族は両手を突き出し、巨大な光弾を放った。

俺は、またも避けない。

ばぢぃぃぃぃぃぃっ！

結果は先ほどと同じだった。魔族の最強魔法らしい光弾は、俺の布の服にあっさりと弾かれる。

「馬鹿な！　ええいっ！」

さらに光弾が飛んできた。

俺はまたまた避けない。

ばぢぃっ！

「ええええええいっ！」

さらにさらに光弾が飛んでくるが、俺はもちろん避けない。

……そんな攻防を十度ほど繰り返し、

「はあ、はあ、はあ……な、なぜ……どうなっている……!?」

さすがに魔力を激しく消耗したらしく、魔族は肩で息をしていた。

「ちょっと強化してあるだけだ――じゃあな！」

剣を振り下ろす。

ごうっ……！

衝撃波が吹き荒れた。

切り札である【虹帝斬竜閃《こうていざんりゅうせん》】はスキルのコピー元であるリリィがいないから使えないが、まったく問題はない。空間をも切り裂く斬撃衝撃波を食らい、魔族は一撃で消滅した。

「魔族を倒したし、昇格クエストをクリアってことでいいんだよな？」

あっけなさすぎて、今一つ実感がわかないけど――。

これで俺はA級冒険者になれるってことだよな、うん。

「す、すごい……！」

マーガレットが呆然《ぼうぜん》とした顔で俺を見ていた。

「何者なんだ、あんたは……リリィ先輩が騒ぐわけだ……！」

「いや、まあ」

ちょっと照れてしまった。

「あんたみたいなやつがS級に行くんだろうな……」

ぽつりとつぶやくマーガレット。

「俺は今回、ほとんど何もできなかった。最終的な判定は待たなきゃいけないけど、たぶん昇格クエスト未達成と判断されるだろう。というか、達成者はあんただけになると思う」

「え、そうなのか？」

「このクエストは中級魔族との戦いにおいて、どの程度貢献したのか、っていうのを判断するんだ。戦いの様子は遠隔視呪文で確認してるそうだからな」

「そういう仕組みなのか……」

よく知らないまま、半分勢いでこのクエストに参加してしまった。

「次は俺も絶対に受かってみせる。先にA級に行ってまってろ、レイン」

「……ああ、分かった」

彼女が差し出した手を、俺は強く握り返したのだった。

「レインさん、A級冒険者認定おめでとうございまーす！」

「やったな、レイン！」

「さすがです！」

「これで我がギルドも知名度アップだな」

魔族討伐を終えて『青の水晶』に戻ると、ニーナやバーナードさん、ラス、エルシーさんがいっせいに祝福してくれた。他のギルド職員や冒険者たちも駆け寄ってきて、お祝いしてくれる。

「みんな、ありがとう！」

俺は嬉しいやら照れるやらで、どんな顔をしていいのか分からない。

「いちおう、正式な認定には一週間くらいかかるらしい。けど、中級魔族を撃破した時点で、A級認定は確実だろう、って言われたよ」

「我がギルドにもついにA級冒険者が誕生か……感慨深いな」

エルシーさんが嬉しそうだ。

「初めて会ったときからすごい奴だとは思っていたが……まさか、こんなにも早くA級にまでたどり着くとはな」

バーナードさんがニヤリと笑って、俺の肩をポンと叩《たた》いた。

「うおお、俺も絶対レインさんに追いついてやる！」

ラスが燃えている。

「よかったです……本当に」

ニーナは涙ぐんでいた。

「ぐすん……」

「うわわ、泣かないでくれ」

「これは……嬉し泣きです。なんだか感極まっちゃって」

「おめでとう、レイン！」

「おめでとう！」

他の冒険者たちから、そんな声が次々に投げかけられた。

みんなが自分のことのように俺のA級昇格を喜んでくれている。

温かいなぁ、と思った。A級になったことより、みんなが喜んでくれて、みんなが祝福してくれることの方が何倍も嬉しい。


一週間後、俺は正式にA級冒険者になった。

で、このクラスになると受注できるクエストが一気に増える。

具体的には難度が高いクエストを、自由に受けられるようになるのだ。クエストの中にはA級以上やS級以上を受注条件にするものもあるからな。

ちなみに、以前行った『光竜の遺跡』は本来はA級以上の冒険者しか受注できない探索クエストだ。だから、形式的にはリリィが遺跡の探索を受注し、俺はそれについていった――ということになっている。

ともあれ、今後は俺が今までよりもいろいろなクエストを受けられるようになる。

「さて、次はどのクエストを受けようかな――」

俺は足取りも軽く、ギルドの受付窓口に向かった。

まだまだ俺の歩みは止まらない。

もっともっと難度の高いクエストをこなして、実績を積んで――次は、冒険者の頂点『Ｓ級』になってみせる。

「いくぞ、『燐光竜帝剣』」

俺は愛用の剣に声をかける。

前方には全長五メートルほどの、岩の装甲に覆われた魔獣がいる。

地皇獣《ベフィモス》。

以前、『光竜の遺跡』で戦ったのと同種のモンスターだった。

「人間が……踏みつぶしてやろう……！」

ベフィモスが近づいてくる。

俺は反射的に周囲を確認した。

＋１０００の強化をした俺の剣は一撃で空間をも切り裂く超威力を備えている。だけど、それだけに攻撃範囲が広く、人や建物の密集地などで使えば多くの巻き添えが出る。

幸い、今は人けのない場所だから問題ないが――。

ざしゅうっ！

俺は剣を一閃《いっせん》させた。

ほとばしる衝撃波とともに、ベフィモスが吹き飛ぶ。

「あ、素材……残ってるかな」

もう一つの難点は、よほど頑丈なモンスターじゃないと一撃で消滅させかねないこと。

ベフィモスは硬い装甲に覆われているだけあって、中枢部は無事だった。

「よかった。回収回収、っと」

ついでに強化ポイントも回収しておく。こちらは＋４０００も得られた。

「よし、帰ったらギルドのみんなの武器・防具を強化しよう」

得られた強化ポイントの半分を、そうやって武器・防具の強化に費やすことにしているのだ。

もう半分は俺の武器や防具などの強化に使う。

相変わらずクエストは毎回楽勝で、苦労らしい苦労はまったくなかった。こんなに順調でいいんだろうか、と思ってしまうほどだ。

「レイン、ただいま戻りました」

俺は『青の水晶』に帰ってきた。

「これ、素材です」

とりあえず素材を受付窓口に持っていく。

「あ、お帰りなさい、レインさん～！」

ニーナが嬉しそうに手を振っていた。帰るなり、いつも笑顔で出迎えてくれる彼女の存在は、俺にとって癒やしになっていた。

「ただいま、ニーナ」

「もう討伐してきたんですか。いつも早いですね」

ニーナが微笑む。

「被害を出さずにベフィモスを倒すことができたよ」

「それはよかったです」

「ってことで、これ素材」

「ありがとうございます」

俺がカウンターに置いたベフィモスの装甲の欠片を受け取るニーナ。

「ベフィモスの体は八割がた吹き飛んだけど、ある程度は残ってる。後で業者を呼んで素材を回収してもらってほしい」

「はい、こちらで手配しますね」

俺の言葉にうなずくニーナ。

「それから、いつもみたいにギルドのみんなの武器・防具を強化したいんだ。後でアナウンスを頼めるかな」

「了解です」

「色々手数をかけるな、ニーナ」

「それが私の仕事です」

ニーナがにっこりと言った。

「働き者で偉いよ、ニーナは」

「一番働いているのはレインさんですよ」

と、ニーナ。

「あなたが強力なモンスターを片っ端から討伐しているおかげで、この辺りの住民はみんな助けられています。今までは、強いモンスターが出ると他のギルドに連絡を取ってA級以上の冒険者を派遣してもらったりしていましたから」

「そうか……」

「それにみんなの武器や防具を強くしてもらって、みんなのクエストが捗ったりもしていますし。知っていますか、レインさん。あなたが来てから、うちのギルドのクエスト達成率は倍以上になったんですよ」

「それって、武器や防具が強くなったから……なのか？」

「はい」

ニーナが笑顔でうなずく。

「だから――みんなが感謝しているんです。あなたに」

数日後。

「あの、レインさんにお客様のようです」

俺が『青の水晶』に行くと、ニーナからそう言われた。

「お客様？」

「冒険者ギルド『王獣の牙』の副ギルドマスターをされている方々だと仰ってますが……」

「……あいつらが？」

俺は表情を引き締めた。

かつて所属し、そして追放されたギルド『王獣の牙』。三人の副ギルドマスターは、いずれも俺のことを役立たずだと断じていた。

今さら話すことなんてないはずだが――。

「分かった。会うよ」

「応接間にお通ししています」

言って、ニーナが俺を心配そうに見た。

「大丈夫ですか、レインさん。『王獣の牙』って、確かレインさんの――」

「大丈夫だよ。ありがとう、心配してくれて」

ニーナに微笑み、俺は応接間に進んだ。

「久しぶりね、レイン。元気そうじゃない」

「活躍してるようで何よりだ」

「A級になったそうではないか」

三人の副ギルドマスターが俺を見ていた。

「……ご無沙汰しています」

一体、なんの用だ？

警戒心を抱えつつ、彼らの前に座った。

「実は、あなたに伝えたいことがあってね」

切り出したのは、三人のうちの一人——中年の女剣士グレンダさんだ。

「お前が心配だから来たんだ」

「今は別々の所属になったとはいえ、仲間だからの」

と、野性的な戦士のコーネリアスさんと老僧侶のゲイルさん。

……何が仲間だ。あんたたちは俺に罵詈雑言《ばりぞうごん》を浴びせて、一方的にクビにしたじゃないか。

そう思ったが、彼らの伝えたいことというのが気になり、とりあえず内心の声にとどめておく。

「伝えたいこと、とは？」

「あんた、暗殺者に狙われてるよ」

グレンダさんが言った。

「ギルドマスターのバリオスが暗殺者ギルドと連絡を取っている」

「すでに暗殺者には依頼済みのようだの」

「なぜ、俺を……？」

「今、あたしらのギルドはかなりピンチなんだ。次々と所属冒険者が辞めていてね」

「バリオスさんは、それをお前のせいだと考えてるらしい」

「で、恨みがつのって、お前さんを殺してやる——と短絡的に考えたらしいの」

三人が口々に言った。

「バリオスさんが……」

あり得なくはない。

俺はギルドを追放されたとき、今まで行った武器・防具の強化を全部解いていった。

もともと無報酬かつ善意でやっていたことだし、彼らが俺の気持ちを踏みにじるなら、俺も相応の対応を取ろうと思ったのだ。

もしかしたら、それが原因でギルドの冒険者たちが弱体化した……？

「ね、ねえ、よかったら『王獣の牙』に戻ってくれない？」

グレンダさんが切り出した。

「えっ？」

こいつら——今さら何言ってるんだ。

「戻る？　俺が『王獣の牙』に今さら？」

俺は冷ややかな気持ちで彼ら三人を見据えた。

「ああ、ギルドは今かなりまずい状況なんだ。お前の付与魔術があれば、立て直せる！」

コーネリアスさんが続く。

「報酬なら以前の倍は用意しよう。結果次第では三倍でも——」

と、ゲイルさん。

「お断りします」

俺は首を左右に振った。

「やっぱり、あたしたちを恨んでいるの……？」

グレンダさんが俺を見つめる。

「俺は今、最高のギルドで働いています。他のギルドに移るつもりはない——それだけです」

「はあ？　最高のギルド？」

「こんなギルド、弱小もいいところだろう。我ら『王獣の牙』は大陸最強の一角だぞ」

コーネリアスさんとゲイルさんが言い募る。

「俺のことはどう言われても構いませんが、『青の水晶』のことを悪く言うのは許しませんよ」

俺は三人をにらんだ。

「ううっ……」

気圧されたように息を呑《の》む三人。

「あ、あたしは別に……気を悪くしたならごめんなさい……」

「わ、悪かった、馬鹿にするつもりはないんだ……」

「儂《わし》も弱小と言ったのは取り消そう。申し訳ない……」

三人は以前の態度が嘘《うそ》のように、俺に頭を下げた。

やけに弱気だな……。

いや、それだけ苦境に立たされているということかもしれない。彼らが俺に語った以上に『王獣の牙』はまずい状況にあるのかもしれないな。

「暗殺者に関する情報には感謝します。だけど『王獣の牙』に戻るつもりはありません」

俺はぴしゃりと言い切った。

「そちらのギルドが危機だというなら、そちらの力で立て直してください。用済みだと追放した俺の力ではなく、まだギルドに残っている者たちの力を結集して、危機に対処する――それが筋でしょう」

「ぐっ、それは……」

三人が言葉を詰まらせる。

以前とは完全に立場が逆転していた。

そこに爽快感はないし、優越感もない。

ただ、これで本当の決別だと思った。

俺はもう『王獣の牙』の冒険者じゃない。

『青の水晶』の一員だ。

これからも『王獣の牙』に戻ることは決してない——。

第5章　付与魔術師と暗殺者

　翌日、俺はニーナと一緒に食事をしていた。この間、食堂で約束した週末のディナーだ。

「じゃあ『王獣の牙』の方たちはそのまま帰っていったんですね」

「ああ、俺の勧誘は諦めたみたいだ」

　と、ニーナに話す俺。

「よかった……私、レインさんがここから出ていくのかと思って」

「まさか。俺は『青の水晶』の一員のつもりだし、いいギルドだと思ってる。『王獣の牙』に戻ろうなんて、まったく思わない」

「そうですか」

「だから、これからもよろしくな」

「こちらこそ、よろしくお願いします」

　ニーナが俺を見て、にっこり微笑んだ。

　ギルドの冒険者たちの話題で盛り上がったり、最近見た芝居の話をしたり、この町でおすすめの美味しい店の情報を交換したり……楽しいディナータイムはあっという間に過ぎていく。

　やがて俺たちは食事を終え、町の通りを歩いていた。

「あの店、美味かったなぁ」

「また来ましょうね」

並んで歩きながら、語り合う俺たち。楽しさの余韻がまだ残っている。

ニーナと一緒にいると、やっぱり楽しいな。気持ちが浮き立つし、癒やされるし……今日は本当に彼女と過ごせてよかった。

素敵な時間を過ごせた、と心から思う。

「ああ、近いうちに二人で行こう」

俺はにっこりとして言った。

「っ……！　ふ、二人で……またデートできる……！」

ニーナがなぜか小さくガッツポーズしている。

「どうしたんだ？」

「い、いえ、なんでもありませんっ」

彼女は顔を赤くしていた。

「ニーナ？」

「す、すみません、私……ちょっと舞い上がってるかも……」

ごにょごにょと何ごとかをつぶやいているニーナ。

妙に情緒不安定というか……本当にどうしたんだ？

怪訝《けげん》に思いつつも、さらに歩いた。大通りを過ぎ、人けのない路地に入る。

この先がニーナの家だ。彼女を送り届けたら、俺も家に帰ろう――。

「レイン・ガーランド。その命もらいうける」

すぐ耳元で冷たい声がする。

「えっ」

驚く俺の首筋にナイフが突き立った。

まさか――。

ハッとなった。

バリオスが雇ったという暗殺者か⁉

さすがはプロだけあって、まったく気配を感じなかった。気が付けば、ナイフで首筋を斬られていた。

「手ごたえあり」

「悪いけど効かないんだ」

つぶやく暗殺者に俺は平然と言い返した。首筋には傷一つない。

「……なんだ？　確かに手ごたえはあったのに」

怪訝そうな暗殺者。

――助かった。

俺は首から下げているペンダントに意識を向けた。

『守護の宝石』。

一定ダメージを持ち主の代わりに受けてくれる、一種の加護アイテムだ。

もともとの性能は高くなく、たとえば致命傷クラスは防げない。あくまでも『一定のダメージ』を防げる程度である。

ただし——それは普通の『守護の宝石』の話で、俺が＋１０００の強化を施した、特製『守護の宝石』は別だ。さっきみたいに、ほぼ致命傷のはずの攻撃も肩代わりし、簡単に防いでくれる。

普段から着ている『布の服』には、すべて強化ポイントを付与してあるが、それだけでは不十分だ。

服の場合、ドラゴンブレスみたいな『体全体』への攻撃は防げるんだけど、今みたいな『体の一部』への攻撃の場合、布で覆われている部分しか守れない。つまり服から露出した部分への防御力はゼロだ。

だから、それを補うために、こういうアイテムを身に付けることにしたのだった。

「レインさんっ……!?」

ニーナが悲鳴を上げた。

「逃げろ！」

叫ぶ俺。

「あ、あの……」

「ここにいたら君も巻きこまれる！　俺は大丈夫だから、すぐに離れてくれ！」

正直、彼女が人質にでも取られたら、非常に厄介なことになる。

「わ、分かりました！　あの……すぐに助けを呼びますから！」

俺の意図を汲《く》んでくれたらしく、ニーナは一目散に走り去った。

暗殺者はそれを追わず、俺の前から動かない。

かなりホッとした。もしニーナの方を狙われていたら、どうなっていたことか。

「ターゲット以外の者を殺すことはしない」

暗殺者は俺の安堵《あんど》を読み取ったように言った。

「そんなことより――今のは、確実にお前を殺せる一撃だった。それを受けて平然としているのは――なんらかの加護アイテムか」

「暗殺者にしてはよくしゃべるんだな」

俺はそいつを見つめた。

小柄な体格だ。声はくぐもっていて、男とも女ともつかない。年齢もよく分からない。

「お前に俺は殺せない」

「私はプロの暗殺者だ。ターゲットが誰であれ仕事を成し遂げるのみ――」

言って、ふたたび向かってくる暗殺者。

気配が、消える。

いつの間にか俺の背後に立った暗殺者が、ふたたびナイフを突き立てる。さらに針のようなものも同時に――。

「毒か？　悪いけど、それも無駄だ」

「……どうなっている」

暗殺者はますます怪訝そうにつぶやく。それからゆっくりと後ずさった。

「理解できないが、お前には不思議な防御法があるようだな」

「逃げる気か」

「私は別にお前と勝負をしているわけではない。計画通りに殺せないなら、計画を立て直すだけだ」

「逃がさない」

俺は懐に手を入れた。

「こういう武器もいちおう用意してるんだよな」

無造作に、投げる。

「っ……!?」

暗殺者の動きが一瞬、止まった。

俺が投げたのは、なんの変哲もないロープだ。それが空中で生き物のように動き――、
ロープはそいつに巻き付いて動きを封じた。

「くっ……!?」

「ほ、ほどけない……だと……!?」

暗殺者がもがく。

「魔法の捕縛ロープ」

俺は暗殺者の前に立った。

「こいつの性能は通常の捕縛能力とは桁違いだ。お前はもう動けない」

「おのれ……っ」

「誰に依頼されたんだ？　教えてもらうぞ」

俺は暗殺者のフードを取り去った。

素顔を見て、驚く。

「女の子……⁉」

そう、その暗殺者の正体は――。

ニーナと同い年くらいの少女だった。

青色のショートヘアに水色の瞳。怜悧《れいり》な顔立ちの美少女だ。

「ほどけない――」

彼女はなおもロープを振りほどこうともがいていた。

「無駄だ」

＋１００００の強化を施した捕縛ロープは竜や魔族だって解けはしない……たぶん。少なくとも人間の力では無理だろう。

「……確かに、無理」

やがて、彼女はおとなしくなった。さすがに諦めたらしい。

「依頼主はバリオスか？」

「暗殺者が依頼主のことを話すと思うか」

彼女が言った。

ゾッとするほど冷たい声音だった。

「私には暗殺者としての誇りがある。たとえどんな目に遭っても依頼主のことは漏らさない」

「じゃあ、お前はとりあえず憲兵に引き渡すよ。そこで裁きを――」

「待って捕まるのは困る。嫌だ絶対嫌」

唐突にコロッと態度が変わる暗殺者。

「えっ」

「話す話すなんでも話すから助けてお願い」

「いきなり方針転換しすぎだろ」

ついさっき暗殺者の誇りがどうとか言ってたじゃないか……。

「誰だって自分の身が一番可愛いものの人間だもの」

彼女は平然と言った。

「私の名前はミラベル。依頼主の名前を話せばいい？　他にも何か話せばいい？　好みの男性のタイプでもスリーサイズでも何でも話すから聞いて聞いて」

「お、おう……」

いきなりの変わりっぷりに、俺の方が戸惑ってしまう。

「とりあえず、依頼主の名前を教えてくれ」

「スリーサイズはいいの？」

「依頼主の名前を教えてくれればいい」

「スリーサイズは？」

「やけにこだわるな、スリーサイズに……」

「私、意外と脱いだらすごい」

「そういう裏情報っぽいのはいいから……」

俺は思わずジト目になった。

「依頼主の名前は——バリオス。『王獣の牙』のギルドマスター。報酬は金貨５０００枚」

ミラベルが言った。

やっぱり、この間の副ギルドマスターたちの言葉は本当だったんだ。

「バリオスが、俺を殺そうとした……」

ため息がもれる。いくら加護アイテムで暗殺を簡単に防げるとはいえ、彼がやったことを放置するわけにはいかない。

「それを証言できるか？」

「証言？」

「バリオスには法の裁きを受けさせないといけないだろ」

これで決着をつけてやる。

『王獣の牙』とのかかわりも、俺自身の気持ちにも。

※

「おかしい……あの暗殺者から連絡がない……」

バリオスは焦っていた。

先日、暗殺者ギルドを通じ、辺境の酒場で一人の暗殺者に依頼をした。

彼——あるいは彼女かもしれない——は凄腕だという話で、レインを確実に殺してくれると期待していた。

だが、その後はなんの音沙汰もない。

成功すればすぐに連絡があるだろうし、失敗したならそれも連絡が来るはずだ。

相手はプロの暗殺者なのだから、自分の失敗を隠したりはしない。ありのままを報告する——そんなプロ意識の高い暗殺者を指定し、依頼した。

「なのに、どうなっている……なぜ、なんの連絡もよこさん……！」

こん、こん、と執務室をノックする音がして、バリオスの思考は中断された。

「誰だ！」

思わず怒鳴ってしまう。

「あら、ご機嫌ななめね」

ドアの向こうから女の声がする。

副ギルドマスターの一人、グレンダだ。

「……入れ」

言うと、グレンダが部屋に入ってきた。

「ねえ、バリオス。ちょっと話があるんだけど」

さらに、

「俺もお邪魔するぜ」

「儂《わし》もだ」

と、コーネリアスとゲイルも続く。

「なんだ、副ギルドマスターが三人そろって……」

「その、ちょっと休暇をもらおうと思ってさ」

「俺も」

「儂も」

「全員そろって休暇か？」

バリオスは眉をひそめた。

「だって、最近暇じゃない。もう所属冒険者だって、ちょっと前の三分の一くらいしかいないのよ？」

「ギルドランクの降格もほぼ確定だしな」

「ずっと働き詰めだったから、そろそろ体を休めたいのだ」

三人が口々に言った。

「むむ……」

そう言われると、返す言葉がない。

「数日だけだし、いいでしょ？」

「……まあ、いいだろう。できれば、三人で少しずつタイミングをずらして休んでほしいが……」

「なら、順番に休むわ。ありがとう」

「じゃあな」

「失礼する」

言って、三人は執務室からそそくさと出て行った。

「なんだったんだ、一体……？」

こん、こん、とふたたびドアをノックする音がした。

「なんだ、グレンダたちか？　まだ話があるのか」

「『王獣の牙』ギルドマスター、バリオス殿、ですね？」

ドアが開き、数人の男たちが入ってきた。

「なんだ、お前たちは――」

「あなたに、このギルドの元所属冒険者暗殺を企てた容疑がかかっています。我々に同行願えますか？」

男たちは憲兵のようだった。

「な、なんだと……⁉」

バリオスは全身から血の気が引くのを感じた。

（なぜだ……なぜ、暗殺のことがバレた⁉　くそっ、あの暗殺者が裏切ったのか⁉　くっそおおおおおおおおおおおおおおおおっ！）

王都に護送される道中、バリオスは怒り続けていた。

暗殺の情報が漏れるとしたら、それは依頼を受けた暗殺者からだろう。奴がしくじったのだ。そして、恐らくはレインに暗殺のことを話した。自分が依頼主だということも含めて――。

（何がプロの暗殺者だ！　何が秘密厳守だ！　何がプロの誇りだ！）

――王都に到着すると、バリオスは王の前に連れて行かれた。

一冒険者ギルドのマスターとはいえ、『王獣の牙』は大陸最強の五つのギルドの一つ。

バリオスへの事情聴取には国王自らが立ち会うようだった。

「な、何かの間違いです、王よ！　私は断じて暗殺など企てておりません！」

王の前に出るなり、バリオスはまくしたてた。

「つまり、お前は今回の暗殺未遂にはなんのかかわりもないと申すのだな」

「その通りです、王よ」

「だが、暗殺者自身からの証言があるのだ。それはどう説明する？」

「で、でっちあげです！」

「その者が嘘《うそ》を申しておると？」

「左様です！」

バリオスは必死だった。

とにかく堂々とした態度を通すことだ。怪しまれないようにするのだ。

暗殺の依頼は酒場の中だったたし、書面を交わしたのではなく口頭である。はっきりとした証拠は残っていないはず。

ならば、後は王の心証がバリオスの裁きに大きく影響するだろう。

『こいつは嘘をついていない。無罪に違いない』という心証を、王に抱かせるのだ――。

「複数の者が調べたが、暗殺者本人の自白は信用に足るものだったようだ」

だが、王の態度は軟化しない。

「さらに――確たる証拠はないが、状況証拠もそろっておる。お前が暗殺者との取引に使った酒場での目撃証言などもな」

「ぐっ……」

バリオスは唇をかんだ。

そこまで……押さえられていたのか。

「よって、お前を投獄する。あくまでも己の潔白を訴えるなら、まずは取り調べを受けよ」

「ぐぐぐ……」

投獄――。

その二文字にバリオスの目の前は真っ暗になった。

これは何かの間違いだ。俺は、大陸最強ギルドの長なのだ。

それが牢《ろう》に入れられるなどという屈辱を味わわされるなんて。

「あり得ない……くそっ、全部……全部、レインのせいだ……全部……全部……全部ぅっ……！」

バリオスは悔しさと怒りで震えていた。

※

その日、『青の水晶』に行くと、青いショートヘアの美少女の姿があった。

「……ミラベル？」

「おはよ」

振り返ったミラベルは無表情に告げる。

やっぱり……ミラベルだよな？

「どうして、ここにいるんだ？」

この間、俺は彼女に暗殺されそうになった。

強化した魔法道具を使って彼女を無力化し、依頼主がバリオスであることを突き止めた。その後、俺はミラベルを伴い、バリオスのことを証言させた。

……それが今から一週間ほど前のことだ。

「今日から同じギルドの仲間」

平然と告げるミラベル。

いやいやいや。

「お前、暗殺者の仕事はどうしたんだ？」

「やめた。これからは冒険者」

「やめた、って……そんなあっさりと？」

「末永くよろしく」

なんか結婚の挨拶みたいだな。

「私は依頼主を裏切ったから、どっちみち暗殺者ギルドにはいられない」

ミラベルが淡々とした口調で言った。

「だから暗殺者廃業して、冒険者を始めることにした。切り替え大事」

「そ、そうなんだ……」

俺は半ば呆気《あっけ》に取られてミラベルを見つめる。

いくらなんでも切り替え早すぎないか？　何事につけてもドライというか、執着がないというか
……。

「もしかして、俺との一件で暗殺が嫌になった、とか？　それで冒険者を目指そうって思ったとか」

「暗殺は別に好きでも嫌いでもない。生活の手段であり糧《かて》」

ミラベルは無表情のまま言った。

「人の命を奪うのになんの感情も抱かない。そう育てられた」

「育てられた……？」

「私は暗殺者の里出身」

そんな里があるのか……。

「へえ、新入りさんね」

俺たちの背後から二十代後半くらいの女剣士がやって来る。

ギルドの序列三位――つまり、俺やバーナードさんに次ぐ序列の冒険者ブリジットさんだ。ランクはC級である。

「よろしくね。あたしはブリジット――」

彼女が言いかけたとたん、ミラベルの姿が消えた。

「えっ!?」

まるで瞬間移動のようにブリジットさんの背後に出現している。

「背後に立たれるのは嫌」

と、ミラベル。

「ちなみに人の背後に立つのは好き。いつでも殺せると思うと安心感がある」

「殺伐としてるな……」

「えへん」

「いや、褒めてないけど」

「大丈夫。私は殺人が好きなわけじゃない。依頼がなければやらない」

「もう暗殺者じゃない、って言うなら、依頼があってもやらないでくれ」

俺はミラベルに念押しした。

「もし私が暗殺稼業を再開したら、レインは私を殺す？」

「えっ」

「それなら、やらない。自分の身が一番可愛いもの人間だもの」

「お気に入りなのか、そのフレーズ……」

まあ、彼女が暗殺稼業をやめてくれるなら、それでいいか。このギルドに現役の暗殺者が所属している、というのは、さすがにまずいからな。

「ああ、暗殺と言えば――」

ブリジットさんが思い出したように言った。

「確か『王獣の牙』のギルドマスターが捕まったらしいね」

「っ……!?」

俺は思わず息を呑《の》んだ。きっとミラベルの証言によるものだろう。

「『王獣の牙』自体もかなり大変みたいだね。ギルド所属の冒険者が次々にやめてるとか」

「すでにギルドランク降格は確定的で、この先はもっと所属冒険者も減るだろう、って噂も聞いた」

まさに負の連鎖だった。今のままだと、遠からず『王獣の牙』は中堅――いや、弱小といえるレベルまで落ちていくかもしれない。

「『王獣の牙』がそんなことに……」

あいつらは無報酬で俺に強化を散々やらせた上に、いざ十分と見れば、俺をあっさりとクビにした。利用するだけして、後はポイ――という感じだ。

だから、俺は奴らの武器・防具の強化を解除した。

それが遠因でギルドの没落を招いたのだとしても、それは彼ら自身が負うべきものだ。

後悔は、ない。ただ、ずっと過ごしてきた古巣だから、やっぱり愛着が完全に消えるわけじゃない。

「少し……寂しいな」

俺はぽつりとつぶやいた。

ヴ……ン！

それは、唐突に起こった。

「な、なんだ……!?」

俺の腰に下げた剣が――光っている。

伝説級の剣、『燐光竜帝剣《レファイド》』。

その刀身が、柄が、まばゆい輝きを放っている――。

※

ヴ……ン！

Ｓ級冒険者、『炎の聖騎士』リリィは、唐突な現象に戸惑っていた。彼女の持つ伝説級の剣『紅鳳の剣《ミラーファ》』が、突然まばゆい輝きを放ったのだ。

「これは、一体……？」

「リリィ先輩？」

たずねたのは、彼女の後輩冒険者であるマーガレットだ。

「剣が、熱い――こんなの初めてよ……」

何かに反応しているのか。

あるいは何かに、

「共鳴、している……？」

第6章　伝説級の剣、集う

しゅおお……んっ。

しばらくして『燐光竜帝剣《レファイド》』から光が消えた。

突然の発光現象に俺は戸惑う。

「なんだったんだ、今の……?」

「伝説級の剣……」

ミラベルがつぶやいた。

「ん、知ってるのか?　これは『光竜の遺跡』ってところで手に入れた『燐光竜帝剣』だ」

「聞いたことがある。伝説級の剣の中でもAクラスに位置する最強剣の一つ」

目をキラキラさせている。

「Aクラスの剣……すごい」

「ミラベルってそういうのに興味があるのか?」

「高く売れる儲《もう》かる」

「金が理由だった!」

思わずツッコむ俺。

「伝説級の剣が突然光る……なんて、何かの前兆かしら?」

ブリジットさんが首をかしげた。

「前兆……」

「古代からの由緒ある剣でしょ、それって」

「ああ。元々は勇者が持っていた剣らしいからな」

「神とか魔王とかそういう超越的な何かが目覚めたとか」

ブリジットさんが楽しげに言った。

「おとぎ話じゃないんだし、さすがにそんなことは……」

ない、と思いたい。


「なるほど——あたし、分かっちゃった。伝説級の剣同士が共鳴しているのね」


ギルドに誰かが入ってきた。

振り返ると、一人の女が立っている。

年齢は二十歳《はたち》過ぎくらいだろうか。たぶん、俺より一つ二つ年上だろう。

足元まで伸ばしたオレンジ色の髪に、瞳の色は燃えるような真紅。溌溂《はつらつ》とした雰囲気の美女だった。スレンダーな体に纏《まと》っているのは青い騎士服だ。

「で、君がその中心——『燐光竜帝剣』の剣士ね。あたし、分かっちゃった」

「君は……？」

「あたしはマルチナ。ウラリス王国から来たの」

女が名乗る。

「君に会うために、ね」

「俺に……？」

「本来あたしが継承するはずだった『燐光竜帝剣』を、君が代わりに持ってるって聞いたから、ここまで来たのよ」

「君が、この剣を継承……？」

「予定よ、予定。別に君の剣を取り上げに来たわけじゃないから、安心して」

笑うマルチナ。

「それに、今のあたしにはこれがあるし」

と、背中の剣を抜き放つ。

刀身も、柄も、すべてが青色の剣だ。

「伝説級の剣『蒼天牙《ファイザ》』。さっき、この剣が光ってたの」

マルチナが告げる。

「君の剣もでしょう？　たぶん伝説級の剣同士が共鳴しているのよ」

「共鳴？」

「大いなる敵の目覚めに反応して、ね」

「大いなる敵……？」

マルチナの言葉に眉を寄せる俺。

「それって……魔王とかじゃないよな？」

まさか、さっきブリジットさんが言っていた半ば冗談みたいな話が、本当に……？

「魔王じゃないよ。だけど、それに匹敵するかもしれない存在ね」

「魔王に匹敵……」

ごくりと息を呑《の》む。

「光竜王ディグ・ファ・ローゼ。古《いにしえ》の最強竜が復活しようとしているの」

厳《おごそ》かに告げるマルチナ。

周囲の冒険者たちが怪訝《けげん》そうに彼女を見ている。俺も戸惑いの方が強い。

光竜王なんて聞いたことのない名前だった。

「とても古い伝説だから一般には伝わってないけれど、かつて神や魔王に匹敵する力を持った竜がいたの」

マルチナが語った。

「それが光竜王《ディグ・ファ・ローゼ》よ。目覚めてからたった数日で世界の八割を滅ぼしたという史上最凶のドラゴン。古の勇者レーヴァインによって封じられ、五百年ほど前にも復活したけど、そのときも当時の勇者エルヴァインによってふたたび封じられた。そして、今は活動を停止している」

「おとぎ話みたいだな……」

「事実を伝承されている一部の人間を除けば、まさにおとぎ話ね」

俺のつぶやきにマルチナがうなずく。

「で、そのドラゴンが目覚めようとしているのよ」

「目覚めるとどうなる？」

背後からたずねたのはミラベルだった。

「うわ、びっくりした⁉」

驚いたように跳びあがるマルチナ。

「君、今までどこにいたの⁉　気配をまるで感じなかったんだけど……」

「『なるほど――あたし、分かっちゃった。伝説級の剣同士が共鳴しているのね』って言ったところから」

「それ、マルチナが登場したところだよな」

最初からずっと気配を消していたのか……。

そういえば、俺も彼女の気配を感じなかった。てっきり席を外したのかと思ったぞ。

「他人の背後に立つのは好き」

「変な趣味ね……」

「生殺与奪の権を握ってる感がゾクゾクする」

「……ちょっと危ない趣味ね」

マルチナは眉を寄せた。それから気を取り直したように、

「ま、いいか。説明を続けるね。超古代と五百年前、二回とも、光竜王は伝説級の剣を三本使って

封印したとされているの。その中心となったのが、君の持つ『燐光竜帝剣』ね」

「俺の剣が……」

そんな伝説があったのか。

「まあ、伝説級の剣なんだから、そういう伝説がくっついていても不思議はないよな」

「そして残りの二本のうちの一つが、あたしが持つ『蒼天牙』。もう一つは『紅鳳の剣《ミラーファ》』という剣よ」

マルチナが言った。

「あたしがここに来たのは『燐光竜帝剣』を持つ剣士に会うためと、もう一つは『紅鳳の剣』を探すためなの」

「ん、ミラーファってどっかで聞いたような名前だな……」

俺は記憶をたどる。

少しして思い出した。

「そうだ、確か『光竜の遺跡』で――」

――ほう……『紅鳳の剣』に選ばれし騎士か。

そう、ベフィモスがリリィの持つ剣を見て、そう言っていた。

「何か知っているの、レインくん？」

マルチナがたずねる。

「俺の知り合いが同じ名前の剣を持ってる」

「……！」

マルチナの表情が変わった。

「彼女も『紅鳳の剣』っていう名前を知ったのは、ついこの前みたいだけどな」

「ん？　そういえば、君が『光竜の遺跡』に行ったときはＳ級冒険者のリリィさんと一緒だったのよね？　なるほど……あたし、分かっちゃった」

ドヤ顔をするマルチナ。

「ああ、そのリリィ・フラムベルが『紅鳳の剣』の持ち主だ」

俺はうなずいた。

「分かった。彼女のところに行くね。これで三本の剣がそろう……よかった」

マルチナはホッとした様子で、

「案内してもらえると助かるかな、レインくん。あたしは伝説級の三本の剣を集めて、光竜王を再封印しなければならないの。勇者候補者の使命として――」

「勇者……候補者？」

「そ。あたしの先祖には古の勇者レーヴァインやエルヴァインがいるもの。直系の勇者の子孫よ」

マルチナはにっこり笑った。

勇者の子孫――。

そう言われると、なんか威厳を感じてしまう。

「ふふ、君だって勇者候補者なのよ、レインくん」

「えっ」

「以前、ウラリスの人が君を誘いに来たはずだけど?」

「……あっ、そういえば!」

確かに、俺が『燐光竜帝剣』を手に入れたことを聞きつけたらしいウラリス王国が、俺に『王国の住人にならないか?』と誘いに来た。

そして勇者として活躍してほしい、と頼まれたのだ。要は広告塔になれ、ってことだった。

俺はそれを断ったわけだが——あれは、俺が勇者の候補になった、という意味合いだったのか。

で、マルチナもその勇者候補……か。

「あ、それと——」

マルチナがミラベルに向き直った。

「ミラベルさん、だったっけ? 君にもついて来てもらえるとありがたいかな」

「私が?」

「封印を巡って敵勢力との戦いは避けられないと思うの。そのときに——あたしたちのような正攻法の戦いとは違う、『暗殺能力』に長けたメンバーが欲しい」

マルチナがミラベルを見つめる。

「さっき、あたしの背後を取った動きは見事だった。力を貸してほしいの」

「報酬は？」

「えっ」

「報酬次第」

「えっ、でも、これは世界を守るための戦いで――」

「報酬次第」

「光竜王が復活すれば人類の大半が殺されるかもしれないのよ？　それを阻止するために、あたしたちは」

「報酬次第。低ければ断る」

ミラベルは一歩も退かない。

「危険な戦いなら報酬はなおさら手厚く欲しい。命が大事だもの」

「うう……」

「お金もたくさん欲しい。たくさんたくさん欲しい」

「ううう……」

ミラベルはブレないなぁ。

「わ、分かった。ウラリス王国に交渉してみる。なんとか必要経費ってことで認めてもらえるように努力するね」

「努力じゃなく確約がほしい」

「ううう……」

「不確かな口約束じゃなく確かな契約、大事」

ミラベルは無表情のまま、ずいっと顔を近づける。

「……分かった。約束するね」

マルチナはたじたじのようだった。

「契約成立。やった」

ミラベルは嬉《うれ》しそうに笑った。

「ちゃっかりしてるのね……むー」

押し切られた格好のマルチナは口を尖《とが》らせる。それから気を取り直したように、

「リリィさんは冒険者ギルド『星帝《せいてい》の盾』に所属しているのよね？　じゃあ行きましょ、レインくん。合流出来たら四人で光竜王封印のために旅立ちよ」

「俺も行くのか？」

思わず聞き返してしまった。いきなりの話の流れに、まだついていけてない。

まあ、突然『光竜王が復活します。世界の危機です』なんて言われても、実感がイマイチ湧かないんだよな……。

「っていうか、光竜王封印のために一緒に戦ってほしいの」

「あ、そういう流れか……」

「もちろん、すぐに答えは出ないと思う。相手は伝説の竜王。危険な戦いになるからね。だから、ゆっくり考えて答えを出してほしいの。ただ、この戦いには全人類の運命がかかってる。君が良い

返事をくれることを」

「いいぞ」

「あたしは祈ってる。今代の勇者候補として――って、ええっ？」

俺の返事にマルチナは目を丸くした。

「い、いいの？　え、でも、相手は伝説の竜王だよ？　めちゃくちゃ強いよ？」

「やらないと世界がやばいんだろ？　なら、やるしかない」

俺は言った。

突然の話に戸惑っただけで、別に怖気づいたわけじゃない。

それに――俺が持っているのは、ただの伝説級の剣じゃない。＋１０００の強化を施してある特製の『燐光竜帝剣』だ。

いくら相手が光竜王でも、そうそう引けは取らないだろう。

というか、楽勝かもしれない――。

俺は割と気楽に考えていた。


その後、俺はニーナに事の次第をかいつまんで話した。

「えっ、『星帝の盾』に？」

「ああ、少しの間戻ってこられないかもしれない。旅になりそうなんだ」

いたずらに心配させたくないし、光竜王の件は伏せていた。

ちなみに、あの場で話を聞いていた冒険者も十数名いたけど、誰も本気にしていないようだった。

まあ、あまりにも突然の話だし、そもそも途中からは場所を移動して他に人がいないところで話したからな。

あと、ブリジットさんには念のために口止めしておいた。彼女だけは他の冒険者たちと違って、俺たちの話を真剣に受け止めていたようだから。

「……そう、ですか」

ニーナがしゅんとなっていた。

「寂しいです」

「あ、でも、用事を片づけたらすぐ戻ってくるよ」

「はい！　待っています」

俺の言葉にニーナがうなずく。

「待っています……！」

もう一度つぶやくニーナ。

「じゃあ、行くよ」

「あの――」

ニーナが懐から何かを取り出した。

「これは？」

「お守りです。レインさんを守ってくれるように……」

差し出されたのは、木でできた札だった。

「ありがとう。心強いよ」

俺はそれを受け取った。

後で強化ポイントを付与しておこう。

加護アイテムに加え、ニーナのお守りもきっと俺やミラベル、マルチナを助けてくれる――。

その後、ギルドマスターやバーナードさんにも挨拶し、俺はミラベル、マルチナとともに出発した。向かうは『星帝の盾』。リリィに会い、それから光竜王封印のためのクエストが始まる――。


『星帝の盾』には馬車で向かった。

「そうだ、ミラベルとマルチナの武器に強化ポイントを付与するよ」

客車内で、俺は二人に言った。

「君は付与魔術が使えるんだっけ？　じゃあ、お願いできるかな。ありがとう」

「感謝感謝」

マルチナが『蒼天牙』を、ミラベルが二本のナイフを差し出す。

「二人とも他に武器はないのか？　ある分だけ全部強化するから」

「あたしはこの剣だけよ」

と、マルチナ。

「全部？　百くらいあるけど平気？」

「百もあるのか？」

「暗殺者だから。武器は豊富」

ミラベルがスカートをめくった。

「うわわっ」

「武器を出すだけ」

両太ももにベルトが巻いてあった。

そこに投げナイフが――。

「馬車に乗るときも付けるの？　痛くない？」

マルチナがたずねる。

「ちょっと痛い」

「外しておいたらいいんじゃないか。この場で戦うわけじゃないんだし」

提案する俺。

「そうする」

ミラベルは太もものベルトに仕込んだ武器をすべて外し、リュックに入れた。

「軽くなった。やった」

と、喜んでいる。

「そのリュックに他の武器も入れてるのか？」

「リュックにも入れてるし、胸元とか色々仕込んでる」

さすが暗殺者だな……。

――俺はマルチナの剣とミラベルの武器に強化ポイント＋３００を付与した。

俺の武器については上限＋３０００まで付与できるけど、他者の武器に付与できる強化ポイントの上限は＋３００だ。

ただ、ミラベルの武器は多すぎるため、全部に強化ポイントを付与すると手持ちポイントが枯渇してしまう。とりあえずはメインに使う武器だけに付与しておいた。

「君は上限３０００なんでしょ？　どうして１０００にとどめてるの？」

マルチナがたずねた。

「強化しすぎると武器に負担がかかるんだ。いくら伝説級の剣でもどれくらい耐えられるか分からないからな……」

今の＋１０００は並の武器なら一振りか二振りで、その威力に武器が耐えられず消滅してしまうレベルである。

さすがに伝説級の剣である『燐光竜帝剣』はビクともしないが……これ以上強化ポイントを付与すると、いくら『燐光竜帝剣』でもどうなるか分からない。

「鑑定してみれば？」

「えっ」

「ウラリスに世界一の鑑定術師がいるから」

と、マルチナ。

「この後、みんなでいったんウラリスに行こうと思ってるの。作戦会議や今後の準備のためにね。そこで君の剣を鑑定してもらいましょ。あたしから鑑定術師に話を通すね」

「それは助かる」

俺はマルチナに礼を言った。

そして二時間後、俺たちは『星帝の盾』に到着した。


大陸最強の五つのギルド――それを総称して『ビッグ5』という。

もともとは冒険者たちが言い出した二つ名だけど、今はギルド連盟によって与えられる称号みたいな扱いになっていた。

『星帝の盾』もその一つであり、ゼルージュ王国内では『王獣の牙』と双璧とされている。

「これは当ギルドにようこそ、レイン殿。あなたのお噂《うわさ》はリリィから聞き及んでおりますぞ」

その『星帝の盾』を訪ねると、ギルドマスター自らが出迎えてくれた。

七十歳くらいの老人である。

「ご丁寧にありがとうございます。レイン・ガーランドと申します」

俺は老マスターに一礼した。

「そちらはマルチナ殿……ですな？　ウラリス王国で次期勇者の最有力候補だという……」

「恐れ入ります」

マルチナが会釈する。

「へえ、けっこう有名なんだな、マルチナって」

「勇者関係は知る人ぞ知る、というところね。そこまで一般的な話題じゃないし」

と、マルチナ。

「して、当ギルドにどのようなご用件でしょうか？」

「実はリリィに用件があって――」

俺たちは光竜王のことをかいつまんで話した。『星帝の盾』のギルドマスターになら話しても大丈夫だろう、というマルチナの判断だ。

「承知いたしました。あいにくリリィはモンスターの討伐クエストに出ておりますが、まもなく帰る予定です」

と、マスター。

「戻り次第、ご連絡いたします。ギルド内の施設か、あるいは近隣にでもご滞在いただけますか？」

マスターとの面会を終えた俺たちは『星帝の盾』の建物内を歩いていた。

『青の水晶』と違って、このギルドの建物はとにかく大きくて広い。ちょっとした城くらいはあるだろう。

さすがは何十年も大陸最強ギルドの一角に位置するだけはある。

「リリィさんはこのギルドのエースなのよね？　やっぱり忙しいのかな」

「だろうな。アポイントを取るべきだったか……」

俺は小さくため息をついた。

「急な訪問だったし、待つしかないね。ギルドマスターさんも戻ってきたら連絡する、って言ってくれてるし」

マルチナが言った。

「リリィ・フラムベルがギルドのエースだと？」

身長二メートルを優に超える巨漢が俺たちに近づいてきた。

「冗談じゃねぇ！　ギルドのエースはこの俺、『怒濤《どとう》の大斧《おおおの》』のマイゼル様だ！　あんなガキをエース扱いは不愉快なんだよ！」

いきなり言いがかりをつけられた。

「ふーん、随分と怒ってるのね。その理由……あたし、分かっちゃった」

と、ドヤ顔のマルチナ。

「分かっちゃったも何も、こいつが全部理由を話してたけど」

「この洞察力――さすがあたしね。これぞ勇者候補って感じよね、レインくん？」

「あ、うん、まあ」

ドヤ顔したかっただけなんだな、マルチナ……。

「レイン？　さっきギルドマスターが他所《よそ》の冒険者に挨拶してるって話を聞いたが……そうか、てめぇが噂のレイン・ガーランド……！」

「えっ、噂になってるのか？」

「……リリィの奴がえらく買ってるんだとよ」

マイゼルは面白くなさそうに説明した。

「見たところ、とても強そうには見えねぇな。リリィの奴に見る目がないのか、あるいは――てめぇに惚《ほ》れて、そんなことを吹聴しているのか」

ニヤリと笑う。

「どれ、俺様が試してやろうじゃねーか。リリィが認める冒険者の力を。S級冒険者である、このマイゼル・ゾールライバー様が！」

うーん、面倒くさそうな奴に絡まれたなぁ。とりあえず怪我しないように、適当な強化アイテムでこいつを無力化しとこう。

「どう見ても、剣や格闘の素人じゃねえか！　舐《な》めるな！」

マイゼルが俺に殴りかかる。

確かに、俺は素人だ。彼の攻撃に反応がついていかない。

「けど――反応する必要もないんだよな」

がつんっ。

頬を殴られたけど、まったくのノーダメージだった。痛くもなんともない。

「ぐあっ……」

逆に全力で殴りかかったマイゼルの方が拳を痛そうにして後退した。

「な、なんだ、てめぇの体は……か、硬い……」

「加護アイテムを身に付けてるんだ。うかつに殴らないほうがいい」

俺は忠告した。

「……なるほど、確かにそれなりの力を持ってるらしいな。だが！」

マイゼルが大斧を構えた。

「こいつを受けきれるか？　ええっ？」

『怒濤の大斧』の二つ名の通り、斧を使った戦法こそマイゼルの真骨頂なんだろう。

「そら、見せてみろ！　てめえの力をっ！」


大きく振りかぶった。

さすがに、本当に斬るつもりはないだろう。たぶんギリギリで当てないようにして、俺の力を本格的に試すつもりだ。

「正面からまともにやり合うのは面倒そうだな」

俺は懐から小さな杖《つえ》を取り出した。

「痺《しび》れてろ」

キーワードとして設定した呪言をつぶやく。

「うあっ……」

マイゼルは小さな悲鳴を上げて、その場にへたり込んだ。

『麻痺の短杖《パラライズロッド》』。

その名の通り、相手にしばらくの間、麻痺《まひ》の効果を与える杖だ。

ただし、俺の付与魔術で＋１００の強化をしてあった。

……さすがに＋１０００とか＋１００００とか、あまりにも強化すると麻痺といっても、相手にとんでもないダメージを与えるかもしれないからな。あくまでも最低限の護身用として調整した数値である。

「こ、この俺が……こんな簡単に……」

マイゼルは呆然《ぼうぜん》とした顔で俺を見つめている。

「やはり……リリィが認めた男、か……！」

「簡単に相手を無力化した……便利」

ミラベルが感心したように俺の杖を見た。

「相手を傷つけずに制圧できるからな」

「私も欲しい」

「……悪用しないだろうな」

俺はジト目でミラベルを見た。

「……私も欲しい」

「今、目を逸らした！」

そういえば――。

ふと、思う。

俺の付与魔術は『光竜の遺跡』で新たな領域を得た――以前のアナウンスの内容からすると、この先もっと成長していくみたいだ。今は無機物にしか……武器や防具、アイテムにしか付与できないポイントも、いずれはそれ以外のものに付与できるようになったりするんだろうか。

マイゼルは逃げるように去っていった。

それから二時間ほど建物内で時間を潰していると、リリィが戻ってきたという報告を受けた。さっそく会いに行く。

「レイン様！　お久しぶりです」

俺たちを見て、リリィが駆け寄ってきた。

一緒にいるのは黒髪をツインテールにした女剣士。リリィの後輩、マーガレットだ。

以前にA級昇格クエストで一緒になった少女である。

「よう、俺もこの間のクエストでA級になったからな。あんたと対等だ」

マーガレットがふんと鼻を鳴らした。

俺と一緒のクエストで彼女は不合格になっていたけど、その次のクエストで合格した、ってことだろうか。

「そうか、おめでとう」

俺はにっこりとして言った。

「っ……！　そ、そんなストレートに祝うなよ！　照れるだろ！」

なぜかマーガレットはちょっと怒っていた。

※

『王獣の牙』のギルドマスター、バリオスが捕縛された――。

　それを聞いて、副ギルドマスターのグレンダ、コーネリアス、ゲイルの三人は『王獣の牙』に見切りをつけた。

　そして、他のギルドでマスターか副マスター格で迎え入れてもらおうと再就職活動を始めた。

　だが――、

「『王獣の牙』の副マスター？　あそこって急に落ちぶれたところだろ？　そこの副マスターって……落ちぶれる原因を作ったのは、あんたらじゃないのか？」

「い、いや、それは――」

「だとしたら、そんな疫病神、うちではいらないなぁ」

「ま、待って！　あたしたちの話をもう少し聞いて――」

「どうぞお帰りを」

　ぴしゃり、と言い放つ相手のギルドマスター。

「ぐっ……」

　グレンダたちは引き下がるしかなかった。

「くそっ、これで十三軒目……！　元『ビッグ５』の副マスターにこんな仕打ちを……許せない」

「ここまで門前払いが連続するとはな……」

「この先、どうするべきかの……」

三人とも困り果てていた。

再就職はもっとスムーズに進むものだと思っていた。

自分たちはかつての『ビッグ5』の副ギルドマスターなのだ。この輝かしい経歴があれば、どのギルドも大歓迎で自分たちをギルドマスターや副マスターとして雇ってくれる──。

そう軽く考えていた。

しかし、現実は思った以上に厳しいようだ。

最初に行った『ビッグ5』のギルドはこちらの話すら聞いてくれず、次にAランクギルドをいくつか回ったが、どこも門前払い。

やむなくBランクのギルドに来たのだが、ここでもまさかの門前払いだった。

信じられないほどの屈辱だった。

「レインが力を貸してくれれば……」

グレンダが唇をかみしめる。

先日、彼のもとを訪ねたが、あえなく断られてしまった。一介のギルド所属冒険者に過ぎなかった男が、自分たち副ギルドマスターの誘いをあっさり断るとは、今思い出しても腹立たしい。

「くそっ、俺たちは天下の『王獣の牙』の副ギルドマスターだぞ！　Sランクのギルドで幹部をやっていたんだぞ！　たかがAランクやBランクのギルドごときが、俺たちを追い払いやがって

「……！」

コーネリアスが吠《ほ》える。

「このままでは再起を図るのは難しいの」

ゲイルがため息をつく。

「再起を図るどころか……遠からず、生活費すらままならなくなるわね」

グレンダは、目の前が真っ暗になるような絶望を覚えていた。

※

俺たちはリリィと話していた。

「光竜王が復活する……!?」

話を聞き終えたリリィが呆然とした顔でつぶやく。

「俺とマルチナ、それに君が持っている剣が再封印には必要らしいんだ」

「ええ。詳しくはウラリス王国で話すね。そのためにも——君の力を貸してほしいの、リリィ・フラムベルさん」

と、マルチナ。

「レイン様は……光竜王を封印するために戦うのですか？」

リリィが俺を見た。

「ああ。世界の危機らしいからな」

あんまり実感がないのが本当のところだけど。

「分かりました。あたしも行きます」

と、リリィ。

「い、一緒にがんばりましょうね、レイン様」

俺を見つめる顔がなぜか赤い。

「じゃあ、決まりだね。すんなり『紅鳳の剣』の騎士が見つかってよかったよ」

マルチナはほっとした様子だ。

「ちょっと待ったーっ」

誰かが駆け寄ってきた。マーガレットだ。

「先輩が行くなら、俺も行くぜ！」

あいかわらずの男言葉だった。

「マーガレット……？」

俺は驚いて彼女を見つめる。

「俺だってA級冒険者になったんだ。足手まといにはならない！　連れていってくれ！」

「マーガレット、あなたは――」

「光竜王なんて巨大な敵と戦う先輩の姿を目に焼き付けたいんだ。頼むよ」

懇願するマーガレット。

どうもリリィをかなり尊敬しているみたいだから、同行したいんだろうか。

「どうする、マルチナ？」

「Ａ級冒険者なら手伝ってもらえることもあるかもしれないね。分かった、いいよ」

意外とあっさりＯＫした。

「じゃあ、さっそくだけど旅支度をしてもらえるかな？　まずはウラリスへ。そのあとで封印のやり方について説明するから」

マルチナが言った。

……というわけで、俺、ミラベル、マルチナ、リリィ、マーガレットの五人でウラリス王国へと向かうことになった。

勇者を輩出した古き王国。

そこで俺を待つものは、いったい――。

※

「剣が……発光している……！」

男は手にした剣を見て、つぶやいた。

精悍《せいかん》な顔立ちをした四十がらみの中年男だ。

以前、とある武器商人から手に入れた無銘の剣――掘り出し物だったらしく、異常なまでの切れ味で多くの敵を両断してきた愛剣である。

その剣が淡い光を放っていた。

「何かに反応しているのか……？　いや、あるいは――」

共鳴、か。

第7章　光竜王封印戦

投獄されたバリオスのもとに、冒険者の一団が面会にやって来た。いずれも元『王獣の牙』のメンバーである。

「いいザマだな、バリオス」

「前々からお前は気に食わなかったんだよ。やたら偉そうにしやがって」

「ははは、いい気味だ！」

冒険者たちが嘲笑する。

「くっ……貴様らぁ……！」

バリオスは歯ぎしりした。

「俺たちは『王獣の牙』を出た後、Aランクのギルドに所属できたぜ」

「やっぱり元『ビッグ５』所属っていうネームバリューが効いたらしい」

「元メンバーの暗殺未遂なんてしたお前には再就職の口はないだろうけどな。『王獣の牙』を立て直すのも無理だろうし」

「まあ、せいぜいがんばれよ、ははは」

言うだけ言って、彼らは帰っていった。

「ちくしょう、あんな奴らに……」

ギルドマスターだったころは、彼らなど下っ端もいいところだった。取るに足らない雑魚だ。その雑魚どもに一方的に馬鹿にされ、蔑まれるとは……。

「くそぉぉぉぉ……耐え難い……屈辱だっ……！」

バリオスは奥歯をかみしめ、全身を震わせる。視線で人を殺せるなら、彼らなどすでに百回は殺しているだろう。

（おのれ……調子に乗りやがって……くそが……くそがぁぁぁぁぁぁっ！）

「ほら、食事の時間だ」

看守がやって来た。牢《ろう》の隙間から食事の載ったトレイを差し入れる。

あいかわらず大した量もなく、しかもまずそうな食事だった。とても食欲が湧いてこない。

「くそ、ギルドマスターのときは飽きるほど食えたのに……こんなまずい飯じゃなく、最上級のフルコースをいくらでも……くそぉぉぉぉ……！」

食事を終えて一時間ほど経ったが、怒りが収まらなかった。頭の中では、先ほど冒険者たちから嘲笑や罵倒を浴びせられた場面が延々と繰り返されている。

「へえ、レイン・ガーランドってこの国の冒険者だよな？　勇者として認定されたのか」

「いや、あくまでも候補らしいが……それでも、この国の人間が勇者候補になること自体、五十年ぶりの快挙らしいぜ」

「すげーな、そのレインってやつ」

「我が国の誇り、ってやつだな」

看守たちの歓談が聞こえてきた。

「レインだと……！」

バリオスは歯ぎしりした。

片や、囚人として捕らわれている自分。

片や、勇者の候補としてもてはやされているレイン。

一体、どこで差がついてしまったのか……。

※

俺たちは馬車に乗り、ウラリス王国に向かっていた。

「以前、私の攻撃を防いだアイテム、今も持ってる？」

ミラベルがたずねる。

「加護アイテムか？」

「そう、それ。私の攻撃がまったく通じなかった」

「＋１０００の強化をしてあるからな、あれ。普通の攻撃はいっさい通らないと思うぞ」

「私もほしい」

「えっ」

「私も同じ加護アイテムがほしい。それがあれば無敵」

「まあ、そうだな」

「仲間のよしみで譲ってほしい。出世払いで払うから。ふふん」

「なんでドヤ顔なんだ」

俺は苦笑し、

「強化+10000の加護アイテムは俺しか使えないんだ。俺の付与魔術は、俺自身の持ち物に対しては+30000を上限として強化ポイントを付与できるけど、他者に対しては上限が+300になる」

「むむ……」

ミラベルが小さくため息をついた。

「もし、レインが持っている加護アイテムを私が盗むなり奪うなりしたら、私が+10000の加護アイテムを使える?」

「前にニーナに協力してもらって試したんだけど、俺の持ち物を他者に渡すと、その時点で強化ポイントが+300にまで下がるんだよな。だから、俺の加護アイテムをお前が手に入れたとしても、+10000の強化を付与された加護アイテムとしては使えない」

「うーん……残念」

「……もしかして、俺から盗むつもりだったのか」

俺はジト目でミラベルを見た。

「そこに気づくとは天才か」

「天才じゃなくても気づくだろ。お前の性格から考えれば……」

「そういえば……今も、剣に付与している強化ポイントは＋１００００なのですか、レイン様」

今度はリリィの質問だ。

「上限の＋３００００ではなく？」

「剣の耐久限界がどれくらいか分からないからな」

答える俺。

「ただ、マルチナの伝手で剣の鑑定をしてもらえそうなんだ。どれくらいの強化ポイントまでなら、この剣が耐えられるのかを教えてくれるかもしれない」

「なるほど……」

鑑定してもらい、武器の耐久を見切ることができれば、どれくらいの強化ポイントならＯＫなのかを見極められるかもしれない。

いや、あるいは――。

「『鑑定』ができるアイテムみたいなものがあれば、もっと適切なポイントを振れるんじゃないか？」

なんで今まで気づかなかったんだろう。

まあ、限界まで強化しなくても、ほぼすべてのモンスターを瞬殺してきたし、むしろ今でもオーバーキル気味なわけだけど。

でも、今回みたいに光竜王《ディグ・ファ・ローゼ》のような桁違いの敵と今後も戦うことがあるかもしれない。より強力で、より適切に強化した武器や防具、アイテムを持つに越したことはないだろう。

「女王陛下、マルチナ・ジーラただいま戻りました」

王城の謁見の間で、俺たちはウラリスの女王と面会していた。女王は三十歳手前の、気品のある美女だ。

「よく戻りましたね。それに三本の伝説級の剣をこれほど早くそろえるとは……さすがは勇者の血筋です」

「もったいなきお言葉」

うやうやしく一礼するマルチナ。

ちなみに彼女は騎士服を着ているけど、王国の騎士じゃない。この国で有数の貴族、ジーラ伯爵家の一人娘だという話だった。

「あなた方が残る二本の剣を持つ騎士ですね？」

女王が俺たちに会釈する。

「レイン・ガーランドと申します、陛下。騎士ではなく冒険者をしております」

「リリィ・フラムベルです。同じく冒険者です」

俺たちはそろって一礼した。

「なるほど。頼もしい限りです。後は光竜王封印に向けての活躍を期待しますよ」

「封印って、具体的には何をやる？」

たずねたのはミラベルだ。

「ミラベル、女王陛下には敬語を使うんだぞ」

「そう？　普段敬語って使わないから上手くいかない……」

暗殺稼業ではそういう機会がなかったんだろうか？

「作戦に関しては、後ほどマルチナやこの国の騎士団から説明をさせますが……基本的には古《いにしえ》の遺跡を巡る戦いになるでしょう」

「古の遺跡……？」

「光竜王はもともと三つの遺跡に仕掛けられた封印装置をすべて稼働させ、封印していたのです。ですが、最近その一つが機能しなくなったため、残りの二つの装置の出力を強め、光竜王を再度封じようと考えています」

女王が説明する。

実は、封印装置の一つが機能しなくなったのは、俺が『燐光竜帝剣《レファイド》』を遺跡から持って行ったことが原因になっているらしい。ここに来る途中、マルチナからそう説明を受けていた。

だから、ちょっと気まずいんだよな。

「その後に、機能しなくなった遺跡の装置を修復し、ふたたび封印を万全のものとする――これが作戦の概要です」

「なるほど、遺跡巡り……旅行みたいでちょっと楽しそう」

「観光にいくわけじゃないからな」

ミラベルがつぶやき、俺が釘《くぎ》を刺した。

「遺跡巡り？　貴様らには無理だな」


不意に、声が響いた。

「えっ」

居並ぶ大臣の一人が進み出る。

「この国の大臣に姿を変え、監視していたが――我らが光竜王陛下をふたたび封じようとは……見過ごせんな」

その口元にニヤリとした笑みが浮かんだ。

「お前は――」

「光竜王様の配下だ。再封印などさせん。この場で全員死ね！」

敵が、こんなところにまで入り込んでいるのか――。

「マルチェロ内務大臣！　あなたは一体、何を言っているのですか！」

女王が叫んだ。突然の事態にも毅然《きぜん》とした態度をまったく崩さないのは、さすが一国の君主だ。

「少し前に光竜王陛下の封印が緩み、俺たち配下の竜族は以前より自由に動けるようになった。で、陛下を害する者がいないか、調査を始めたわけだ。手分けして各国に潜り込んで……な」

マルチェロ内務大臣――いや、大臣に化けた竜族が笑う。

「光竜王様の再封印などという恐れ多いことを目論んでいたとはな。そんな真似を許すわけにはいかん。さあ、全員殺してやるぞ！」

「ひ、ひいいいいいっ」

たちまち他の大臣たちが逃げ出した。

「おのれ、化け物！」

「陛下の前で狼藉《ろうぜき》は許さん！」

近衛騎士たちが前に出て、竜族に向かっていく。

「ぐあっ」

「ぎゃあっ」

が、竜族が繰り出した爪の一撃が、近衛騎士たちを次々に切り裂いた。

さすがに、強い。

「これ以上は――させない！」

マルチナが剣を手に突進した。

俺は剣を抜きかけたが、すぐに収めた。

王宮内部では、俺の剣は威力がありすぎる。下手をすると王宮ごと吹っ飛ばしてしまうかもしれない。

まずはマルチナに任せた方が無難か。

「伝説級の剣か。だが、いかに強力な剣といえども、人間が扱っている以上、限界は見えている！」

竜族が口を開く。

「このガージェスの炎で吹っ飛べぇ！」

そこから吐き出される紅蓮《ぐれん》の炎。

人間形態でもドラゴンブレスを使えるらしい。

「食らい尽くせ、『蒼天牙《ファイザ》』！」

マルチナが剣を掲げた。

こぉぉぉぉぉぉっ……！

青い刀身が輝きを放つ。

その輝きが、まるで竜の口のような形になり、ガージェスの炎にかぶさり、消滅させる。

いや――、

「俺のブレスを『食った』だと!?」

「これが『蒼天牙』の特殊能力。魔法やブレスなど、非物理系の攻撃すべてを吸収する――」

マルチナが剣を構え直した。

「ブレスがなければ、君なんてただの大きいトカゲだねっ！」

「ぬかせ！」

ガージェスが吠《ほ》えた。

その全身から赤いオーラが立ち上る。

「なら、望み通り――その『ただの大きいトカゲ』になってやろうじゃねぇか。『竜体』――解放！」

次の瞬間、ガージェスの体が大きく膨れ上がっていく。

「ちいっ」

俺はとっさに予備の武器であるナイフを抜いた。

一閃《いっせん》――衝撃波とともにガージェスを吹っ飛ばす。

こいつには強化ポイントを＋３０００ほど注いであり、竜族相手でもこの威力である。

普通の武器は大量に強化ポイントを付与すると、すぐに壊れてしまう。だから、どれくらいの量なら耐えられるのか、以前に試していた。

＋３０００だと二、三十回程度の使用には耐えられることが分かった。

＋１００００だと一回か二回で壊れてしまうので、これでもだいぶマシだ。あくまでも予備の武器だし。

ということで、俺は＋３０００を付与したナイフやダーツなどをいくつか携帯していた。今使用したのが、その一本である。

「うおおおおおおおおおおっ⁉」

ガージェスは壁を突き破って、外まで吹っ飛ばされた。

「ふう、危なかった……」

ここで竜に変身されたら、城ごと潰されるかもしれないからな。

外を見ると、体長十メートルくらいの竜が出現していた。変身を終えたらしい。

「ありがとう、レインくん。後はあたしが！」

壁の穴からマルチナが飛び出していく。

「【フライト】！」

飛行魔法で竜の頭上を飛行するマルチナ。

どうやら剣だけじゃなく魔法も使えるらしい。さすがは勇者の子孫、万能だ。

「小うるさいハエが！」

ガージェスが次々とブレスを吐き出した。

マルチナは飛びながら避け、あるいは剣から発したオーラでそれを消滅させる。だが――、

「きゃあっ……!?」

五発目のブレスを防ぎきれずに吹き飛ばされてしまった。どうやら竜になったことで、攻撃力がかなり上がっているようだ。

「他愛もない。とどめだ！」

力なく落下していくマルチナに六発目を放とうとするガージェス。

「やらせない――」

俺は剣を抜いた。

「付与魔術第二術式を起動」

『リリィ・フラムベルの剣術スキル【斬竜閃《ざんりゅうせん》】を学習《ラーニング》』

『強化ポイント「＋３０００」を消費し、スキルを強化したうえで、術者レイン・ガーランドに付与する』

アナウンスが響いた。

他者のスキルを一時的に俺に付与し、さらに強化する――俺の手持ちで最強の攻撃技。

「【虹帝《こうてい》斬竜閃】！」

「へっ……？」

間の抜けた声とともに、

ばじゅううっ……！

ガージェスは虹色の斬撃衝撃波に飲みこまれ、消滅した。

「し、瞬殺……!?」

「なんて、すさまじい……！」

背後で大臣たちがざわめいていた。

※

バリオスは多額の保釈金を払い、なんとか仮釈放された。

ただでさえ、ギルドから多数の離脱者が出て資金も苦しくなってきているというのに、さらに打撃だ。

「くそっ、どいつもこいつも……許さんぞ……！」

怒りが収まらない。

思えば、レインを追放した後、ギルドが没落を始めてからはずっと怒りっ放しかもしれない。

レインが疫病神に思えた。

奴のせいで自分の人生が転落を始めた――そう考えるだけで腹立たしい。

「くそっ、くそっ、くそぉぉぉぉぉっ……！」


ギルドに戻ってくると建物の中はガランとしていた。

「お、おい、誰かいないのか……？」

驚いて、建物の中を進む。

「誰か……？」

副ギルドマスターの三人も出てこない。

「なんで、誰も……」

普段なら賑《にぎ》わっているはずの、クエストの募集板周辺や受付窓口にも誰の姿もない。この広い建物に、バリオス一人だけだ。

「そ、そうだ、活動停止がまだ解けてないいんだった……！」

当たり前のことすら忘れていた。

慣れない投獄生活で、それだけ精神がすり減っていたのだ。

「とりあえずは執務室だ。たまっていた仕事を片付けないとな」

バリオスは最上階に向かった。執務室の前までたどり着く。

「……ん？」

違和感があった。

部屋の扉には、豪奢《ごうしゃ》な金の縁取りがされているのだが――。

「縁取りが、ない……⁉」

そう、金の縁取り部分がえぐり取られているのだ。

「なんだ、一体……？」

不審な気持ちが大きくなる。嫌な予感が膨れ上がる。

バリオスは扉を開けて、部屋に入った。

「なっ……！」

絶句して立ち尽くした。

部屋の中はめちゃくちゃに荒らされ、調度品はすべてなくなっている。

「金目のものが残ってないだと……まさか、冒険者の誰かが持ち去ったのか⁉」

おそらくは、所属冒険者の誰かが――あるいは、複数の人間が執務室内にある金目の物を奪い去ったのだ。

それを止める者はいなかったのだろう。誰も、もうここには見向きもしていないのかもしれない。見切りをつけているのかもしれない。そうでなければ、ギルドマスターの執務室に入って、金目のものを奪うことなど、するはずがない。

「う……おおおおおお……おお……」

バリオスはうめきながら、その場に崩れ落ちた。

彼が心血を注いで築き上げてきた、大陸最強のギルド『王獣の牙』。

その終焉《しゅうえん》のときは、すぐそこまで近づいていた——。

※

「ありがとう、レインくん。ちょっと危なかったから助かった」

空中を飛んでいたマルチナが、謁見の間に戻ってきた。

「マルチナが無事でよかったよ」

にっこりとうなずく俺。

「すごい……やっぱり、レイン様はすごいです」

リリィが目を輝かせている。

「ふん……まあ、確かにすごいけど。俺だって、いつかは……」

なぜか悔しげなマーガレット。

「おなかすいた」

ミラベルは……なんというか、マイペースだ。

「さすがは伝説級の剣の使い手……竜を一撃で倒すとは」

女王が驚きと感嘆の混じったような顔で俺を称賛した。大臣たちも「すごい」「さすが」と口々に俺を称えているようだ。

これだけ大勢に称賛されると、ちょっと照れる。

「宮廷のこれほど深くまで光竜王の手の者が入り込んでいた以上、封印を急いだほうがいいでしょう。これからもいつ襲ってくるか分かりません」

と、女王。

「承知いたしました、陛下。これより封印に向けての詳細を詰めたいと思います」

マルチナが答える。


——というわけで、さっそく作戦会議になった。

俺とマルチナ、リリィ、マーガレット、ミラベルとウラリス王国の騎士団長を交え、大きな会議室のような場所で説明が行われる。

概要は、さっき女王から聞いた通りだ。

で、具体的な行程の話になり——、

「光竜王自体は、王都の地下に封印されているの」

と、マルチナ。

「で、その封印を施している遺跡が三つ。一つはレインくんが『燐光竜帝剣』を手に入れた遺跡だね。で、残り二つはこの国にある」

「一つは――『光翼《こうよく》の遺跡』よね？」

リリィが言った。

「あたしが、この剣を手に入れた遺跡――」

「そういうこと。まず、その『光翼の遺跡』に行きましょう。そこの最深部に封印装置があるの」

「その出力を強化する、っていう話だったな」

「ええ。王国から魔導技師団を連れていって、彼らに装置を調べてもらう手はずよ。先にあたしたち戦闘要員だけで遺跡の入り口から装置までのルート確保を行ってからね」

「じゃあ、まずはダンジョン探索ってわけだ」

シンプルに目的が定まり、俺は気持ちを新たにした。

「……と、その前に」

マルチナが俺を見て、

「ここに来る途中も言ったよね。レインくんの剣を鑑定してもらいましょう」

「鑑定……」

そう、『燐光竜帝剣』には現在＋１０００の強化ポイントを付与しているけど、それ以上のポイントを注いでも平気なのかどうか。

そもそも現在の強化ポイントで、この先も剣が耐えられるのかどうか。

それを、調べてもらうのだ。

マルチナに案内され、俺たちは武器庫のような場所にやって来た。周囲には何本もの剣や槍《やり》、あるいは盾や鎧《よろい》が並んでいる。

「なんか用か、小娘。見慣れねえ顔を連れてるな」

部屋の隅で剣を見つめていた人物が振り返る。五十代くらいの、いかめしい顔をした男だ。

「今仕事中なんだがな」

男が俺たちをにらみつけた。

不機嫌そうな感じで、どことなく怒っているようでもある。

「宮廷付きの鑑定術師アルベルトさんよ」

と、マルチナ。

「武器や防具、アイテムなんかの能力や効果、あとは本物か偽物か、とか色々と調べるお仕事なの」

「もしかして……ここにあるもの全部を？」

「当然だ。ウラリス王国中から集められたモンを俺一人で鑑定するんだからな」

アルベルトさんが胸を張った。

「おめえらと会話してる時間も惜しいんだ。用がないならさっさと帰んな」

「実は、あなたに見てもらいたいものがあって来ました」

俺は彼の前に進み出た。

腰に下げていた鞘《さや》入りの剣を差し出す。

「ほう」

アルベルトさんの眉がぴくりと動いた。興味を抱いたようだ。

「『燐光竜帝剣』――か？」

「はい」

「こんなもん、鑑定するまでもねえ。間違いなく伝説級の剣だよ。本物だ」

と、アルベルトさん。

「さ、用事は済んだか？　なら帰んな」

「もう。こっちの話も聞いてよ、アルベルトさん」

マルチナが苦笑した。

「もっと剣を見たいって顔してるじゃない。不機嫌そうに見せて、本当はご機嫌なんでしょ。あたし、分かっちゃった」

と、いつものドヤ顔をする。

「うるせえ、小娘」

「ふふふ、図星だ」

ムッとしたようなアルベルトさんにも、マルチナは微笑んだまま。

「まったく……」

対するアルベルトさんはちょっとだけ照れているようだった。

「と、とにかく、もう一度剣を見せろ。今度は【鑑定】してやる」

——というわけで、アルベルトさんに剣を見てもらった。

【鑑定】はその名の通り、対象の能力や属性などを見る力である。

ひとくくりに【鑑定】といっても、術者によって『何が対象か』や『何が見えるか』は異なる。

アルベルトさんの場合は武器や防具、アイテムといった『無機物』に特化したスキルだそうだ。

だから人間のスキルやステータスなどを見ることはできない。

その代わり、武器や防具などの詳細な情報を得る力はズバ抜けているらしい。

「こいつは——！」

鞘から抜いた『燐光竜帝剣』を見て、アルベルトさんがカッと目を見開いた。

「確かに『蒼天牙』と同レベルの剣……だが、何か違う……!?　こいつは——信じられねえほど強化されてやがる……なんだよ、こいつは……！」

「俺は付与魔術師《エンチャンター》なので、その剣に強化ポイントを注ぎこんだんです」

説明する俺。

「き、強化ったって、ちょっとやそっとのレベルじゃねえぞ」

アルベルトさんは声を震わせた。

「伝説級も飛び越えて、神造武具レベル——いや、もしかしたらそれ以上……!?　こんな剣、お目にかかったことがねえ……！」

呆然《ぼうぜん》とした表情を俺に向ける。

「なんなんだ、おめえの力——人間に許された領域を、超え過ぎてやがる……！」

えっ、俺の付与魔術ってそんなレベルに達してるのか？

「アルベルトさん、ちょっと落ち着いて。いつもあんなにドッシリ構えてるじゃない」

「……あ、ああ。そうだな。取り乱しちまった……悪いな」

アルベルトさんは俺たちに頭を下げる。

それから、あらためて語りだした。

「さっきも言ったが……おめえの剣は、少なくとも神造級レベルに達している」

と、アルベルトさん。

「もともと伝説級だったのが、おめえの付与魔術で＋10000なんていう桁違いの強化までされちまったからな」

「アルベルトさん、俺はこの剣を鑑定してもらいたいんです」

あらためて用件を告げる俺。

「＋10000を超える強化ポイントを注いだとして……剣が耐えられると思いますか？　それが知りたいです」

「そうだな……もう一回、おめえの剣を見せてみろ。【耐久性】に絞って詳しく【鑑定】する」

「どうぞ」

「スキル【鑑定】——発動」

剣を受け取ったアルベルトさんは、鑑定スキルを発動させ、刀身から柄までをじっくりと見始めた。そうして二十分ほどが経過する。

「――なるほど。おめえの能力もすごいが、さすがにこいつは伝説級の剣だ。＋１００００くらいじゃビクともしてねぇ」

アルベルトさんが顔を上げた。

「俺の見立てじゃ、＋２００００までなら問題ない。だが、それを超えると剣への負担が限界を超えて、いずれは壊れるだろうな」

「伝説級の剣でも……２００００が限度なのか」

「仕方ないだろ。おめえの付与魔術が規格外すぎるんだ」

と、アルベルトさん。

「一体、どうやってそんな力を身に付けた？」

「どうって――」

俺の方が戸惑ってしまう。

「特別なことは何もしてないんです。俺はもともと別のギルドで数年間、所属冒険者の武器や防具を強化し続けてきました。で、そこを追放されて……今まで付与したポイントを取り返して、自分の武器に付け直してみたんです。そうしたら、＋３００００まで付与可能というアナウンスが出て――」

「＋３００００か。どんなに腕のいい付与魔術師でも上限はせいぜいが７００から１０００。３０

000なんて数値は聞いたことがねえ」

アルベルトさんが言った。

「心当たりはないんですか、レイン様？」

リリィがたずねる。

「ああ、特に変わった訓練をしたわけじゃない。普通に強化を続けてきただけだ」

「理由は分からねえが……きっかけはあるんじゃねえか？」

「えっ」

アルベルトさんの言葉に首をかしげる俺。

「ギルド追放だよ。おめえはそれによって落胆なり失望なり、あるいは絶望したんだろ？　同時に強い怒りを覚えただろう。そいつがトリガーになった、ってことかもな」

「トリガー……か」

もしかしたら——。

ふいに思いついたことがある。

根拠なんてない、ただの仮説。

俺のこのチートレベルの付与魔術は突然身に付いたわけじゃなく、以前からずっと俺の中にあったのかもしれない。

それが今言ったトリガーによって、使用可能になったとしたら——？

「ま、それ以上のことは俺にも分からねえ。俺の【鑑定】は武器・防具・アイテム専門でな。魔法に関しては専門外だ」

アルベルトさんが言った。

「悪いが力にはなれんな」

「いえ、剣を鑑定してもらったり、本当に助かりました。ありがとうございます！」

俺は礼を言った。

それから『燐光竜帝剣』に強化ポイントを追加しておく。今は＋１００００だから、さらに１００００加えて、＋２００００になった。

「付与魔術に関しては、すぐに解明できる話でもないし……まずは遺跡に行こう、マルチナ」

「そうだね。じゃあ、みんなで出発しましょ」

俺たちは『光翼の遺跡』へと向かった。そこは以前にリリィが踏破した遺跡で、彼女の剣『紅鳳《ミラーファ》の剣』はそこで手に入れたものだ。

「そういえば、マルチナさんが竜族と戦ったときに、剣でドラゴンブレスを吸収してましたよね？」

道中、馬車内でリリィがたずねる。

「あたしの剣でも同じことができるんですか？」

「いえ、これはあたしの『蒼天牙』固有の能力ね。君やレインくんの剣で同じことはできないの」

答えるマルチナ。

ちなみにリリィの剣も出発前にアルベルトさんに鑑定してもらっている。

剣の効果についても調べてもらったんだけど、いちおうリリィ自身で確認したかったんだろう。

「そういえば――」

ふと気づく。

「リリィは『光翼の遺跡』を一度クリアしてるんだよな？　じゃあ、安全ルートはもう確保できてるようなものじゃないか？」

「いいえ、あたしが通ったのはあくまでも『紅鳳の剣』が置いてあった宝物庫までの道なんです」

リリィが説明した。

「封印装置というのは目にしませんでした。たぶん、まったく違う場所にあるんじゃないかと……」

「なるほど。じゃあ、そのときとは違う道を通っていくわけか」

「そうなると思います」

うなずくリリィ。

「遺跡の中で出会ったモンスターはかなり手ごわいのもいました。気を引き締めて行った方がいいかと」

「分かった」

「あ、でもレイン様なら楽勝だと思います。ふふ」

と、リリィの表情が緩む。

「……もしかしてリリィってレインくんのこと」

「えっ⁉　や、やだな、あたしはそんな……えっと、その……ちらっ、ちらっ」

マルチナの指摘に、リリィは顔を赤らめた。

なぜか俺をチラチラ見ているんだが……？

――なんてやり取りをしつつ、一時間ほどして俺たちは『光翼の遺跡』にたどり着いた。

「さあ、探索の時間だ」

※

『それ』はゆっくりと目を覚ました。

随分と長い眠りについていた気がする。

まるで永遠と思える時間、夢を見ていた気がした。

（そうだ、我は――）

記憶が少しずつ鮮明になる。

かつて勇者レーヴァインに敗れ、その後も勇者の子孫であるエルヴァインに不覚を取り、封印されたのだ。

（あれから何年……いや何十年……いや何百年経ったのか……）

だが、その封印が緩んでいる気がした。

「動く……！」

『それ』が歓喜の雄たけびを上げる。

まだ、わずかだが——体が動く。

「我の——この光竜王の体が、動く、動くぞ……！」

巨体を震わせる。

「お目覚めを、心よりお待ちしておりました。王よ」

そばで声が聞こえた。

全部で七つ。

「おお、お前たちか」

光竜王の七体の腹心。

上級ドラゴンですら一撃で滅ぼすほどの、最強の竜族たち。

「我ら七竜騎《しちりゅうき》、王が自由を取り戻すために全身全霊を懸けましょう」

「調べたところ、忌々しい封印は三つの装置から成り立っています」

「そのうちの一つはすでに機能を停止」

「残り二つの場所も目星がついております」

「それらを破壊し、必ずや王に完全なる自由を取り戻してごらんにいれます」

「王よ、今しばらくお待ちください」

「必ずや、我らが——」

七体がうやうやしく告げる。

頼もしい腹心たちだった。

「ならば、我は心安んじて待つことにしよう。今はまだ記憶すら淀《よど》んでおる。少しずつ――確実に力を取り戻し」

にいっ、と竜の口が笑みの形を作る。

「すべてが戻った暁《あかつき》には、今度こそ世界を滅ぼす」

そして――太古の最強竜王と、神や魔王すら凌《りょう》駕《が》する究極の付与魔術師との戦いが幕を開ける。

第8章　光翼の遺跡

俺たちは『光翼《こうよく》の遺跡』を進んでいた。

「この先に遺跡の守護モンスターが大量にいるはずです」

と、リリィ。

「まともに戦って突破できる数ではないので、別方向に引きつけた後で突破しましょう。あたしが以前に来たときはそうやって進みました」

「いや、まともに行っても倒せそうだぞ。リリィ、マルチナ、マーガレット……誰か、複数の敵を同時に攻撃できる剣術スキルって持ってるか？」

「それなら、あたしが持ってるよ」

マルチナが手を上げた。

「上級剣術スキル【乱れ斬り・百刃乱舞《ひゃくじんらんぶ》】だね」

「あたしも対集団剣術スキルは持ってますけど、マルチナさんよりランクが落ちますね。あたしのは【乱れ斬り・乱舞】なので」

と、リリィ。

「じゃあ、マルチナのスキルをコピーさせてくれ。それを俺が『燐光竜帝剣《レファイド》』で使う」

俺はマルチナに言った。

「了解。あ、でも……こんな場所で剣を振り回して大丈夫なの、レインくん？　威力が強すぎて遺跡が崩れるんじゃ……」

「大丈夫。アルベルトさんに鑑定してもらった後、剣の強化付与の設定をいじったんだ。まあ、見ててくれ」


俺たちは先に進んだ。

すでにマルチナからスキルを見せてもらってある。準備万端だ。

「あれです、レイン様」

リリィが指さした前方にはオークの群れがいた。

だけど、ただのオークじゃない。全身が黒く輝く鎧《よろい》に覆われている。そして全身から赤いオーラをほとばしらせていた。

「オークの強化型モンスター『フレイムアーマードオーク』です。伝説級の剣でも簡単には傷つけられない強固な鎧をまとい、さらに全身にまとった魔力の炎は攻撃にも防御にも使えるという強敵です――」

リリィが解説する。

「確かに強そうだな」

俺は剣を抜いた。

「でも、問題はないと思う」

『燐光竜帝剣』に付属する『効果』は五つある。

【衝撃波】

【斬撃上昇】

【物質切断上昇】

【魔力切断上昇】

【自己修復】

以前の俺は、効果の内訳を知らなかったため、これらの効果すべてを均等に強化した状態になっていたようだ。

で、アルベルトさんに効果の内訳を聞いてから、強化ポイントの振り分けを細かくいじってみた。

まず【衝撃波】の強化を解除し、次に【斬撃上昇】、【物質切断上昇】、【魔力切断上昇】、【自己修復】の四つにそれぞれ+5000を付与する。

合計で+20000の強化をした。

これで剣を振っても強化された【衝撃波】は出ない。

「じゃあ、行ってくる」

俺は無造作に歩みを進めた。

ぐるるる……！

『フレイムアーマードオーク』たちが一斉に俺の方を向く。

どどどっ！

次の瞬間、奴らは地響きを立てて殺到した。

「付与魔術、第二術式起動──」

さっき見せてもらった、マルチナの剣術スキルを思い出しながら念じる。

『マルチナ・ジーラの剣術スキル【乱れ斬り・百刃乱舞】を学習《ラーニング》』

『強化ポイント「＋３０００」を消費し、スキルを強化したうえで、術者レイン・ガーランドに付与する』

モンスターたちはもう目の前まで迫っていた。

俺はすかさず剣術スキルを発動した。

「【乱れ斬り・万刃乱舞《ばんじんらんぶ》】！」

刹那──。

俺の動きは音速を突破した。

ごうっ！

衝撃波をまき散らしつつ、モンスターたちの間を駆け抜ける。

すれ違いざまに十撃、二十撃、五十撃、百撃──加速していく斬撃はやがて万単位となり、『フレイムアーマードオーク』すべてに満遍なく浴びせていく。多少の衝撃波は発生するものの、遺跡内を壊すほどじゃない。

「がっ……ぐ、あ……」

奴らは反応することも、おそらくは認識することさえできなかっただろう。

自身が斬殺されたことを。

「──ふう」

数秒後、動きを止めた俺は、静かに剣を収めた。

どさっ……どさりっ。

同時に、すべてモンスターが地面に落ちる。無数の肉片に斬り刻まれて。

リリィのスキルをもとに、対単体では最強クラスの【虹帝斬竜閃《こうていざんりゅうせん》】を会得したように──今回はマルチナのスキルを進化させ、対多数での最強クラスの剣術スキル【乱れ斬り・万刃乱舞】を習得完了だ。

「すごかったです、レイン様……！　今の動き、あたしにも完全に目で追うことはできませんでした……」

リリィが感激した様子で俺のところまで駆け寄ってきた。

「悔しいけど、あたしも」

マルチナがふうっと息をついた。

「あたしのスキルをあそこまで進化させられるなんて。ちょっと、すごすぎじゃない」

「スキルを強化する付与魔術だ。マルチナのおかげで敵を突破できたよ。ありがとう」

「えっ、あ、い、いえ、そんな」

礼を言うと、マルチナが顔を赤くした。

「べ、別にお礼なんて……いいけど」

意外と照れ屋なんだな、マルチナって。

『フレイムアーマードオーク』の群れを突破した俺たちは、さらに遺跡内を進んだ。

「なるほど、剣の特殊効果ごとの強化……そんなことができたんですね」

俺が周囲に被害を出さずにモンスターだけを倒せた理由──それを聞いて、リリィは感心したような顔をした。

「ああ、今までは特に考えずに強化していたんだけど、アルベルトさんにそれぞれの剣の特殊効果を詳しく教えてもらったから、あらためて設定しなおしたんだ」

ちなみにアルベルトさんに鑑定してもらった、三本の伝説級の剣の特殊効果は──。


『燐光竜帝剣』

【衝撃波】

【斬撃上昇】

【物質切断上昇】

【魔力切断上昇】

【自己修復】

『紅凰の剣《ミラーファ》』

【魔力刃】

【自己修復】


『蒼天牙《ファイザ》』

【物質切断上昇】

【攻撃吸収（非物理）】

【自己修復】


となっている。

リリィの剣については、二つの特殊効果にそれぞれ＋１５０ずつ割り振ってある。マルチナの剣についても、彼女の意見を聞き、三つの効果に均等に＋１００ずつを割り振った。

「付与魔術……便利」

ミラベルがぽつりとつぶやいた。

「ん？」

「不法侵入とか暗殺とか色んなことにもっと活用できそう」

「そういう方面には使わないからな」

「そこをなんとか」

「だめだ」

「無念……」

ミラベルはため息をついた。

「っていうか、そいつ暗殺者なのかよ。なんで、俺たちのパーティに入ってるんだ？」

マーガレットが眉を寄せた。

「君だってA級なのにパーティに入ってる」

「俺はリリィ先輩のお供だ」

「でもA級止まり」

「え、A級止まりっていうな！　世間ではA級でもすごいことなんだぞ！」

「リリィはS級。相棒にはS級がふさわしい」

「ぐぬぬぬぬ」

「まあまあ」

俺は二人の間に割って入った。

「マーガレットの腕は確かだし、リリィとも何度も一緒に戦ったことがあるって話だ。だから仲間に加わってもらった。魔法も剣もハイレベルだから、活躍してもらう局面はきっとくる」

「レイン……」

マーガレットが驚いたように俺を見る。

「フォローしてくれてる……あんた、いい奴だったんだな」

今まで俺のことをどう思ってたんだ。

「リリィ先輩をたぶらかす悪い虫かと思っていたぜ……悪かった」

「いや、別に――」

「た、たぶらかすなんて、もうっ。何を言ってるのよ、マーガレットは！」

リリィが頬をピンク色に染めて叫んだ。


「ほう、こんなところまで人間どもが来ているのか――」


ふいに、声が響いた。

前方に二つの人影が見える。だけど――、

「人間……ではないようですね」

リリィが剣を抜く。

「いかにも。我らは光竜王《ディグ・ファ・ローゼ》様の腹心」

「七竜騎《しちりゅうき》である。貴様ら、ここから先は通さんぞ」

光竜王の腹心――。

なかなか厄介そうな奴らが出てきたぞ。

※

もはや、このギルドは再起不能のダメージを受けている——。

バリオスは打ちひしがれていた。

ほんの少し前までは、大陸最強ギルドのマスターとして大手を振って歩いていた。人生の絶頂期だと感じていた。

そして、それはこれからもずっと続くと思っていた。

さらに駆け上がり、どこまでも続いていくのだと思っていた。

「だが、あっけなく崩れた……なんなんだ……どうして、こうなったんだ……」

バリオスは両手で頭をかきむしった。

「初めまして、バリオス様。私はイルジナと申す者です」

一人の女が訪ねてきたのは、そんなときだった。

年齢は三十前くらいだろうか。妖艶な雰囲気の美女である。

「なんだ、お前は？」

「今のあなたに必要な女だと思いますよ？」

イルジナが艶然と微笑む。

妖しいが、妙に引き込まれる笑顔だ。

「何者だ、と聞いてるんだ」

「私は——」

　女はわざとらしく胸元を緩めた。

　深い胸の谷間があらわになる。

　反射的にバリオスはそこを覗《のぞ》き込んだ。匂いたつ色香にゴクリと息を飲んだ。

「落ちぶれた——失礼、勢いを失ったギルドを立て直すことを仕事にしております」

「噂《うわさ》に聞いたことがあるぞ。まさか——」

　バリオスはハッとした。

「ギルドの再建人……ということか?」

「左様です」

　一礼するイルジナ。

「つまり、この『王獣の牙』を——」

　少し前までのバリオスなら、そんな申し出など一蹴しただろう。

　怪しい。どう考えても、落ち目のギルドに寄ってきて、金なりなんなりを吸い上げてから去っていく類《たぐい》の輩だ。

　だが、今のバリオスはワラにもすがる思いだった。自分と、このギルドを助けてくれる者がいるなら、誰でもいいから頼りたい——そんな心境だった。

　右腕とも思っていた三人の副ギルドマスターは、もはやここに寄り付きもしない。所属冒険者も同じだ。

バリオスは孤独だった。

そんな孤独な心の隙間に、彼女の声が心地よく響く。

「俺を、助けてくれるのか……？」

「もちろんです、バリオス様。もっと詳しくお話させていただけますか？」

イルジナは唇をチロリと舐《な》め、なまめかしく体をくねらせ、バリオスにすり寄ってきた──。

※

「俺は七竜騎ライエル」

きらびやかな鎧をまとった青年騎士が名乗った。

「同じく七竜騎。レドグフだ」

こちらは完全な人間の姿じゃなく、竜の頭と人の体を持った竜人形態だった。

「ガージェスを倒したのはお前か」

ライエルが剣を抜く。

「ああ」

俺は『燐光竜帝剣』を構えた。

リリィとマルチナもそれぞれの剣を構えている。

マーガレットとミラベルがその後ろに並ぶ。

「七竜騎――か」

光竜王の側近、ということは、光竜王に次ぐ強さがあるということだろうか。

「移動スキル――【アクセルⅣ】！」

ライエルが突進してきた。

速い！

気づいたときには、俺の目の前にいる。

「反応が鈍いな。ガージェスを倒したにしては、まるで素人のような鈍さだ。何かの誘いか……？」

いや、本当に素人なだけなんだ……。

心の中でツッコむ俺。

「まあ、いい。あとは頼むぞ、レドグフ！」

ライエルが俺の背後に回り、羽交い絞めにした。

そのまま、ふたたび超スピードで移動を始める。

リリィたちを置き去りにして――。

「ガージェスとの戦いの記録を見た。お前さえ引き離せば、残りは雑魚だ！」

ライエルが勝ち誇ったように叫んだ。

ちいっ、狙いは俺とリリィたちを引き離すことか！

「このっ……」

剣さえ使えれば、おそらく一撃でこいつを倒せるだろう。

だけど両腕をガッチリつかまれて、剣を触れない――。

俺は防御力を強化した衣服に加えて加護アイテムを複数持っているから、ダメージを負うことはまずないと思う。

けど、俺の腕力自体は人並みだ。こうして腕をつかまれた状態だと攻撃に移れない。

「――今まで、こういう展開になったことはなかったな」

改善点ってやつだ。

今後の戦いでは、対策を考えないとな……。

※

「レイン様――」

リリィは遠ざかっていくレインと竜族を見据えた。

このパーティの戦力の要は、間違いなくレインだ。彼自身は素人でも、彼の持つ武器や防具はまさしく超絶の威力を誇る。

たとえ七竜騎といえど、まともに攻撃を食らわせれば一撃で倒せるだろう。

だが、その最大戦力は今、遠くに引き離されてしまった――。

「こいつは――あたしたちだけで戦うしかなさそうですね」

リリィはキッとした顔で愛用の剣『紅鳳の剣』を構えた。

隣では、マルチナが『蒼天牙』を構える。

敵は、光竜王の側近の一体——『七竜騎』のレドグフ。竜の頭と人の体を持つ、身長四メートルほどの竜人である。

「マーガレットは下がっていて。相手は手ごわそうよ」

「そんな！　俺だってやれるぜ」

マーガレットが抗議した。

「俺だって——リリィ先輩の役に立ちたい」

「あなたの強さは知ってる」

リリィが首を振った。

「だけど、相手は光竜王の側近クラス。だから——」

視線をマーガレットに向ける。

「サポートに徹して。前衛はあたしとマルチナさんがやる」

「サポート、か」

マーガレットがうなずいた。

彼女は魔法剣士である。この局面では剣より魔法で戦ってもらうことになりそうだった。

「そういうことなら、任せてくれ！」

「ん」

うなずき、ふたたび視線をレドグフに戻す。

「というわけで、一緒に前衛をがんばりましょうね。マルチナさん」

「了解よ」

マルチナが微笑んだ。

「私が蚊帳の外」

ぽつりとつぶやくミラベル。

「えっ、じゃあ、何か役割を振りましょうか？」

「んー、相手が強そうだし」

「ん？」

「やっぱりパス」

ミラベルが無表情に言った。

「危なくないところで見学してる」

「さっき不満そうだったのは……？」

「仲間外れみたいで拗《す》ねてみた」

「そ、そうですか……」

ジト目になるリリィ。

未だにミラベルのキャラがよくつかめない。

「んー、危ないことはしたくない人間だもの。すみっこで応援してる」

「ま、まあ、いいですけど……」

リリィは完全にジト目だった。

とはいえ、ミラベルは暗殺者だと聞く。正面からの戦いでは、その技能が活かしにくいのは確かだった。

「とにかく、あたしとマルチナさん、マーガレットの三人で行きましょう」


そして——戦いが始まった。

「人間どもが！」

レドグフはずしんずしんと足音を響かせながら近づいてくる。

こちらを警戒した様子はない。

「……というか、あたしたちを舐めてる感じね」

マルチナが言った。

「自分が人間に負けるはずがない、って感じ？」

「じゃあ、教えてあげましょうか——」

リリィが前に出た。

「竜よりも強い人間がいるということを！」

「なんだと？」

レドグフがジロリとにらんだ。

「確かに上級ドラゴンすら狩る人間がいるとは聞く。だが俺たち七竜騎の戦闘力は完全に次元が違う。何せ、光竜王様に次ぐ力を持っているんだからな！」

言うなり、地響きを立てて突進してくる。

リリィは逃げない。真っ向から竜人を見据え、

「剣術スキル――【斬竜閃《ざんりゅうせん》】！」

手にした剣を振り下ろした。

ほとばしる衝撃波がレドグフを吹き飛ばす。

「ば、馬鹿な――これほどのパワーを……!?」

地面に叩《たた》きつけられるレドグフ。

「剣術スキル――【ブラストブレード】！」

そこへマルチナが追撃を放った。

「ぐっ、あああああああ……っ！」

強い――。

リリィは感嘆する。

【ブラストブレード】は破壊力に特化した上級の剣術スキルだ。リリィもこのスキルは会得していない。

マルチナの実力は、やはり相当に高いようだった。

「さすがは勇者候補ですね……」

「ふふ、見直した？」

マルチナがにっこり笑う。

「ええ、頼もしいです」

「あたしも。君と一緒に戦えて心強いよ」

二人はうなずき合い、それぞれ剣を掲げた。

渾身《こんしん》の一撃を、続けざまに叩きこむ。伝説級の剣による連撃だ。

「ぐおおおおおおっ……！」

苦鳴とともに大きく吹き飛ばされる竜人。

「今のは……効いたぜ……」

壁の端まで吹き飛ばされたレドグフはよろよろと立ち上がった。

「人間に、これほどの使い手がいるとはな」

その口元に笑みが浮かぶ。

「五百年くらい前に勇者と戦ったとき以来だ……へへへ、ゾクゾクするぜ。強い奴と戦うのは！」

その体が震え、巨大化していく。

「こ、これは——」

リリィは戦慄した。

竜。

レドグフは、人と竜の中間から完全な竜の姿へと変身した。

体長は五メートルほどだろうか。太い四肢と獰猛《どうもう》な顔。四足獣に近い形態で、翼はない。

「これが俺の『竜体《ドラゴニックフォーム》』だ！　立ち向かえるか、人間ども！」

竜体となったレドグフが突進する。

リリィとマルチナは同時に斬撃を放った。

ごうっ、ずおおおおっ……！

吹き荒れる衝撃波を、しかしレドグフはものともしない。

「きゃあっ」

リリィたちは二人そろって弾き飛ばされた。

体勢を立て直す間もなく、さらに突進してくるレドグフ。二度、三度と跳ね飛ばされ、地面に叩きつけられる。

「なんてパワーなの……っ！」

「こいつ、さっきまでと全然違うじゃない！」

リリィとマルチナは悲鳴を上げた。

「このぉっ！」

マーガレットが魔力の刃を放つ。後方からの援護射撃だ。

「こざかしいわ！」

だが、レドグフが巨体を震わせると、魔力の刃はまとめて消し飛ばされた。

「そんな!?」

「人間ごときが、剣でも魔法でもこのレドグフに傷をつけられると思うなよ！」

まずい――。

リリィの全身に汗が伝った。

敵は、竜体となったことで想像以上にパワーアップしている。マルチナと二人がかりでも分が悪そうだ。

「こんなとき――レイン様がいれば」

唇をかみしめる。

彼の姿を思い浮かべると、それだけでフッと心が軽くなった。胸の芯が甘く疼《うず》いた。

それが憧れなのか、あるいは恋心なのかは分からない。

どちらにせよ、リリィは彼を強く想う。

強く、願う。

ここに来てほしいと――。

「呼んだか、リリィ」

突然、声が響いた。

「レイン様――？」

彼女はハッと顔を上げた。

※

「このっ……離せ――」

俺は七竜騎ライエルに捕らわれ、動けない状態だった。

いくら超強化した武器があっても、それを振るえなければどうにもならない。

俺は着ている服や加護アイテムもすべて強化しているから、相手も俺を傷つけられないが――このままでは、いたずらに時間だけが過ぎていく。

「こうしている間にもリリィたちが――」

焦る。

――腕力を強化できないだろうか？

考える。

俺の付与魔術が『強化できる対象』は限定的だ。

まず一つは無機物。その代表的なものは武器や防具、あるいはアイテムである。

次にスキル。これは俺が一度でも見たことがあるスキルをコピーし、強化した上で俺自身に付与するというもの。

後者は以前からできたわけじゃなく、俺のスキルの習熟度が上がったことで新たに使えるようになった。今後はこの二種以外のものも強化できるようになるかもしれないけど、現時点では無理だ。

「……待てよ」

ふと思いついた。

スキル、か。

「なら、身体強化系のスキルを使えばいいじゃないか……！」

考えてみれば、簡単なことだ。シンプルすぎて考え付かなかった。

「やるぞ——」

俺が今までに直接見たことがある身体強化系スキルを思い浮かべた。


『身体強化スキル【フィジカルブースト】を学習《ラーニング》』

『強化ポイント「＋３０００」を消費し、スキルを強化したうえで、術者レイン・ガーランドに付与する』


「【フィジカル・フルブースト】！」

俺は身体強化スキルを発動した。

もともとの【フィジカルブースト】はパワーやスピードをおおよそ2倍程度に増幅するのだが、こいつは10倍までアップできる。

「う、おおおおおおおおおおっ！」

10倍の腕力で、ライエルの拘束を強引に振りほどいた。

「な、なんだ、このパワーは……⁉」

ライエルが驚きの表情を浮かべる。

「人間の限界をはるかに超えている……なんなのだ、お前は――」

「ただの、付与魔術師《エンチャンター》だ」

俺は不敵に笑ってみせた。

「こいつっ……！」

ライエルが焦ったように後ずさる。

「し、信じられん……スピードでこのライエルが完全に負けている……」

「さすがに10倍も強化すると、竜族を上回っちゃうか」

「……舐めるな」

ライエルがうめいた。

「があっ！」

咆哮《ほうこう》とともに、その体から炎のようなオーラが立ち上る。

俺は強化した『布の服』や複数の加護アイテムがあるため、ノーダメージ。

「くっ……」

だが、衝撃波によって大きく吹き飛ばされてしまった。

もちろん、これもノーダメージなのだが、ライエルとの距離が大きく開く。

「なんだ――？」

奴の姿が、変わっていた。

全長は十メートルほどだろうか。四肢が長く、虎やヒョウを思わせるしなやかな体躯《たいく》。ただし、その顔は竜だ。

「これが俺の『竜体』だ」

竜獣と化したライエルが叫んだ。

「移動スキル――【アクセルⅨ】！」

次の瞬間、その姿が消えた。

いや、視認できないほどの速度で突進してきたのだ。

速い――！

「スピードに特化した形態か！」

「そういうことだ！　パワーならお前が上かもしれんが、スピードなら俺だ！」

「ぐっ……」

強烈な体当たりを受け、さらに吹っ飛ばされる俺。

当然ノーダメージなんだけど――。

「これで終わりじゃないぞ！」

ライエルは超高速移動をしながら、二度、三度と俺に体当たりしてきた。

やっぱりダメージはゼロ。

だけど――。

「このダメージが積み重なれば、いつかは通る――」

それがライエルの狙いなんだろう。

いくら俺のスピードが上がったとはいえ、さすがに今のライエルには勝てない。

「お前の力は『強化』なんだろう？　だが、いくらパワーやスピードを上げたところで、しょせんは人間だ。竜族の真の力には──勝てん！　１の力を10倍にしたところで、最初から１００の力を持つ者には勝てんのだ！」

「……そうかも、しれないな」

奴の言う通り、種族の差は絶対的だ。

「けど、一つ間違っているな」

俺はスキルを使うために集中する。

「なんだと……？」

「人間の持つ力は一つじゃない。他の力を組み合わせれば──」

『身体強化スキル【高速反応】を学習《ラーニング》』

『強化ポイント「＋３０００」を消費し、スキルを強化したうえで、術者レイン・ガーランドに付与する』

まずは反応や反射の速度を増幅するスキルをコピーして強化。

さらに、

『身体強化スキル【ソニックアイ】を学習《ラーニング》』

『強化ポイント「+3000」を消費し、スキルを強化したうえで、術者レイン・ガーランドに付与する』


動体視力を引き上げるスキルもコピーして強化する。

「お前のたとえを使うなら——10の力しかなくても3つかけ合わせれば、10×10×10で1000になるんじゃないか？」

「き、貴様……!?」

「スキル発動——【超速反応】【ライトニングアイ】」

反射速度と動体視力が極限まで——いや、極限を超えて上昇する。

「見えたぞ、ライエル！」

俺は奴の高速移動を完全に見切り、叫んだ。

一閃《いっせん》——。

振り下ろした『燐光竜帝剣』の一撃が、ライエルの体を両断した。

「合計で9000ポイント消費か……けっこう強化ポイントを使っちゃったな」

俺も無尽蔵に強化ポイントを溜《た》めこんでいるわけじゃない。

日ごろのギルド冒険者への分配や、今みたいなスキル強化で消費していき、実はけっこう目減りしていた。

もちろん、またモンスターなどを倒せば、ふたたび強化ポイントは入手できる。さっき倒したライエルから強化ポイント１０００を得たから、差し引きではプラスだ。ただ、並のモンスターだとそこまでの強化ポイントを得られないから、激戦が続くとポイントが枯渇し始めるかもしれない。

いや、その心配は……今はいい。まずは敵を確実に撃破することだ。

俺はとにかく走った。

「急げ……急げ……！」

ライエルによって、かなり遠くまで連れ去られてしまった。

リリィたちが心配だ。

俺はさらにスキルをラーニングし、高速移動スキル【アクセル】を使って駆けた。強化ポイントはある程度温存した方がいいのかもしれないが、今は一刻を争う。

やがて、さっきの場所までたどり着いた。

どうやらリリィたちがかなり押されているようだ。

戦っている相手は、巨大な竜。

「姿が違う――？」

確か、レドグフとかいう奴は竜人の姿をしていた。ということは、ライエル同様に竜体になったんだろう。

「こんなとき――レイン様がいれば」

リリィがつぶやく。

俺は彼女のもとへ駆けつけた。

「呼んだか、リリィ」

そう声をかける。

「レイン様――？」

リリィはパッと顔を輝かせた。

「来てくださったのですね！」

言うなり、俺に抱きついてくる。

「う、うわっ、リリィ!?」

「よかった……あたし、もう駄目かと……」

内心で、かなり心細かったんだろう。俺は彼女を抱きしめたまま、頭をそっと撫《な》でた。

「……ずるい」

「ん？」

「リリィだけ抱っこはずるい」

「ミラベル!?」

「あ、えっと、これはそのっ……」

リリィが顔を真っ赤にして俺から離れた。

「ミラベルも抱っこ」

「へっ」

「それでおあいこ」

「どういう理屈なんだ……」

「ひしっ」

言って、ミラベルは自分から抱きついてきた。

「ああ、ミラベルも不安だったのか」

「不安は別に。ただの対抗意識」

「えっ」

「深く考えない」

「お、おう……」

ミラベルの真意が今一つ分からない。とりあえず、さっきリリィにやったように軽く頭を撫でてやった。

「ん」

ミラベルは妙に満足げにうなずき、俺から離れた。

「むむむ」

リリィがなぜかジト目で俺をにらんでいた。

二人とも一体どうしたんだ……?

戸惑いつつ、俺は周りを見回した。

「よかった、全員無事みたいだな」

多少怪我はしているけど、致命的なダメージはなさそうだ。そのことにまず安堵《あんど》する。

「貴様がここにいるということは——ライエルはしくじったわけか」

「ああ。次はお前だ」

『燐光竜帝剣』の切っ先を巨竜に突きつける。

「俺は、あんな奴と同じようにはいかんぞ」

レドグフが巨体を震わせた。長大な尾が繰り出される。

だけど——強化された俺の動体視力や反射速度の前には止まっているに等しい。

「無駄だ」

振るった剣で尾を両断する。

後は間合いを詰めて、一撃を食らわせるだけだ。

衝撃波を放てる仕様に戻せば遠距離からでも攻撃できるのだが、それをやると遺跡自体を崩しかねない。

ここでは遠距離攻撃は封印し、接近戦で直接叩き斬るしかない。

俺は地を蹴り、一気に距離を詰める——。

と、眼前に数体の敵が出現した。

「なんだ……!?」

いずれも骨でできた竜人のような姿の兵士だ。剣と盾、鎧で武装している。

「【竜《りゅう》牙《が》兵《へい》作成】──俺の特殊スキルだ」

レドグフが笑った。

「牙に魔力を込めて抜くと、この通り──不死の兵士となるのさ」

俺は構わず進み、数体の竜牙兵を次々に斬り払った。

「そいつらと遊んでおけ。俺との距離は詰めさせんぞ」

その間に、さらに十数体の竜牙兵が出現する。たぶん、レドグフの牙は抜いても、またすぐに生えてくるんだろう。

「これじゃキリがない──」


『術者の戦闘経験が一定値に達しました』

『術者の付与魔術がレベル3にアップしました』

『付与魔術に新たな領域が追加されます』

『付与魔術、第三術式の起動が可能です。起動しますか？』


突然、声が聞こえた。

「第三の術式──？」

もともと俺が使える付与魔術の術式はこうだ。

モンスターなどを倒したときに、魔力の一部を吸収し、それを『強化ポイント』に変換すること。

そして、その『強化ポイント』を武器や防具、アイテムなどに付与すること。

これらを総称して『付与魔術・第一の術式』ということになる。

さらに付与魔術のレベルが２に上がったときに、第二の術式が使えるようになった。過去に俺が目にしたことのあるスキルをコピーし、強化し、一定時間だけ使用できる——というものだ。

そして今、どうやら俺は第三の術式を得たようだが——。

「土壇場で新たな領域にたどり着けるとは……な」

『王獣の牙』にいた七年間、こんなふうに術式が増えることはなかった。それがここ最近で増え始めたのは、やはり今までとは比べ物にならない強敵と何度も戦ったからだろう。

「第三術式の詳細を教えてくれ」

俺は空中に向かって呼びかけた。

その間にも、竜牙兵はどんどん増えていく。すでに三十体を超えていた。

これでは簡単にはレドグフまでたどり着けないだろう。

そのとき、空中に第三術式の内容が表示された。

「強化ポイント３３３３３を消費し、全兵装一斉射撃型攻撃を行う……？」

さらに詳細を見る。

「なるほど、これなら——」

威力は絶大だ。

ただし、強化ポイント333333というのは手持ちのポイントのほとんど全部である。これを使えば、メイン武装以外のポイントは使い切ってしまう。

「そっちはまた集めるしかないか……」

俺は小さくため息をついた。

「どうした？　俺を倒すのは諦めたか？」

勝ち誇る巨竜。

「――いや、たった今、準備を終えたところだ」

俺はレドグフを見据えた。

意識を集中する。

思考を加速させる。

「付与魔術、第三術式起動――」

呪言を唱えた。

「今までの戦いで目にしたすべての武器の記憶を具現化――」

俺の背後に浮かび上がる無数の剣、槍《やり》、斧《おの》、弓矢……おびただしい数の、おびただしい種類の武具たち。

「そのすべてを再現し、強化し、解き放つ――！」

轟《ごう》っ……！

数千数万の武具がいっせいに射出された。

全方位から、雨あられと。

眼前の竜牙兵たちは、武器の暴力とも呼べる攻撃で、一瞬にして掃討された。さらにその後方に位置するレドグフに、残る武器群が殺到する。

「ぐっ、おおおおおおおおおおおおおおおおっ……!?」

集中砲火を受けた巨竜はひとたまりもない。全身を貫かれ、さらにその威力に細胞一つ残さず焼き尽くされて消滅する。

「ち、ちょっと威力が過剰すぎないか……?」

さすがに唖然《あぜん》としてしまった。

33万超もの強化ポイントを消費するだけあって、とんでもないオーバーキルだ。

「これ、光竜王が相手でも余裕で倒せるんじゃ……?」

「なんて、圧倒的な――」

リリィが呆然《ぼうぜん》とした顔で俺を見ていた。

マルチナやマーガレット、ミラベルも同じだ。

……まあ、俺も驚いたけど。

「まあ、未知数の術式だと思うし、まずは封印という方針でいきましょう」

と、マルチナ。

「そうだな」

ともあれ、これで難敵レドグフは撃破できた。

「後は、遺跡を進むだけだな」


――その後は、特筆するようなことは何もなかった。

道中、罠《わな》やモンスターは何度か出たが、俺たちの敵じゃない。俺は率先してモンスターを倒し、消費した強化ポイントを少しでも補充するように心がけた。

といっても、やっと２０００ほどを得たくらいだ。さっき倒したレドグフから強化ポイント１００００を得ているし、竜牙兵撃破による強化ポイント入手もある。

だけど、それらを全部合わせても、失った33万超には遠い。

「あの技は本当の強敵が相手のときにだけ使うことにしよう……」

そう心に深く刻んだ。

ほどなくして、遺跡の最深部にたどり着いた。

巨大なホールのような場所で、壁一面に魔導装置がずらりと並んでいる。計器類はあちこちが点滅したり、時折なんらかの数字や文字が表示されたり……忙しく稼働しているようだ。

「道中の罠やモンスターは除去したし、とりあえず安全ルートは確保できたね。帰りに同じ道を逆にたどって、もう一度確認しましょう」

マルチナが満足げに言った。

「みんな、おつかれさま。特にレインくん……すごかったよ」

ぱちり、とウインクされた。

「ええ、本当に……！」

リリィが例によってキラキラとした目で俺を見つめる。

「あたし、感動しました」

「いや、俺は……武器の性能を強化してるだけで、リリィたちみたいに素で強いわけじゃないからな」

と、俺。

「確かにレイン様の圧倒的な攻撃能力は付与魔術によるもので、あなた自身の剣術や武術ではありません。ですが……その根幹となる付与魔術はレイン様の力でしょう。あなたが鍛錬で得た力——それは賞賛されるべき強さだと思います」

「……そうか。ありがとう」

「強さ以外にもいろいろと便利に使える。レインは偉い」

ミラベルが言った。

「だから、私に便利グッズがほしい」

「お前、おねだりしたいだけだろ……」

「道中の罠解除は、私も活躍した」

「それは……まあ、そうだな」

モンスター退治は主に俺やマルチナ、リリィがやり、マーガレットがその補佐。そして罠解除はミラベルがけっこう頑張っていた。

「……悪用しないなら、何か考えておくよ」

「やった」

ミラベルが小さくガッツポーズ。

「けど、今回の戦いで強化ポイントをかなり消費したんだ。また溜めなきゃならない」

「待ってる」

「ちっ、ますますとんでもない攻撃力になってやがるな。追いつくのが一苦労だぜ」

肩をすくめたのはマーガレットだ。

「けど、俺だってもっと強くなってやるからな。見てろよ！」

と、闘志を燃やしている。

とりあえず、全員無事にここまで来られたことが嬉《うれ》しい。

新しい術式も会得したしな。こいつは今後の戦いで切り札として活用できそうだ――。

俺たちは帰路についた。

道中、もう一度罠を探り、モンスターがいないかも再チェック。数ヵ所、モンスターが新たに出てきた場所があったため、俺やリリィ、マルチナ、マーガレットでこれを打ち倒した。

――こうして、今回の遺跡探索は無事に終わった。

後はウラリス王国や他の協力国から魔導技師を派遣してもらい、光竜王封印装置の本格的な研究を始めるようだ。

もう一つの遺跡――マルチナが『蒼天牙』を手に入れた場所にも同じ封印装置があるはずだが、こちらは『光翼の遺跡』の封印装置研究が終わってから、あらためて探索するそうだ。

だから、光竜王封印作戦は、俺たち戦闘要員はいったん小休止ということになる。

俺はミラベルとともに冒険者ギルド『青の水晶』に戻ることにした。リリィやマーガレットも所属ギルドに戻り、マルチナは来たるべき戦いに備えて修行すると言っていた。

「しばらくお別れだな」

「ま、また、どこかのクエストでお会いしましょうねっ」

リリィが俺にしがみつかんばかりの勢いで言った。

うっとりした表情になっている。

道中、彼女のこういう表情をよく見かけるようになったな……。

「ふん、またパーティを組んでやってもいいぜ」

なぜか上から目線のマーガレット。

とはいえ、その表情は柔らかい。

「みんなが一緒で心強かったよ。次のクエストでもよろしくね」

爽やかに微笑むマルチナ。

「私もがんばった。えらい」

と、自分で自分の頭を撫でているミラベル。

「ああ、またこのメンバーでがんばろう」

あるいは、次のクエストでは他のメンバーが加わったりもするんだろうか。


そして、俺たちはそれぞれの場所に戻った。

「随分と久しぶりな感じがするな……」

俺は『青の水晶』の建物内に入った。

時刻は昼下がりだ。

ミラベルは他に用事があるらしく、俺一人である。

「っ！　レインさんっ！」

受付窓口からニーナが駆け寄ってきた。

「おかえりなさい！」

「ただいま、ニーナ」

俺はにっこりと彼女に微笑む。

彼女も満面の笑みだ。

「会えなくて……寂しかったです」

「この間、会っただろ」

そう、実は彼女とは数日前にウラリス王国で一度再会していた。

七竜騎を討ったご褒美として、王族のプライベートビーチで一日遊ばせてもらえることになったんだけど、そのときにニーナやメアリを呼んだのだ。

だから、彼女とは数日ぶりの再会ということになる。

「確かに会いましたけど、それまではずっと会えなかったし……一度再会してしまうと、その後に別れるのがよけいに辛いんですよ？」

ニーナが上目遣いで俺を見つめている。その目が少し潤んでいた。

そんなに寂しがってたのか……。

「しばらくはこっちにいるよ」

「本当ですか！　嬉しい！」

ニーナがさらに笑顔になった。

そこまで喜んでくれると、俺も嬉しくなる。

「次のクエストの連絡が来れば、また旅立つことになりそうだけど」

俺はニーナに言った。

「それまでは——引き続き『青の水晶』の冒険者としてがんばるよ」

書き下ろし1　今日は海水浴！

光竜王《ディグ・ファ・ローゼ》の側近『七竜騎《しちりゅうき》』を退けた俺たちは、引き続きウラリス王国に滞在していた。もう数日したらゼルージュ王国に帰る予定だ。

「この間の『七竜騎』討伐で女王様から褒賞が出ることになったの。王族のプライベートビーチを一日使わせてもらえるんだって。貸し切りで海水浴だね」

「王族のプライベートビーチを？　すごいな」

マルチナの言葉に俺は驚いた。

「せっかくだから『青の水晶』の人たちも誘ったら？」

「いいのか？」

「うん。女王様には許可をもらってあるよ」

「ありがとう、マルチナ」

「レインくんは今回の戦いの最大の立役者だからね。これくらいは報いないと」

というわけで、俺たちは王族のプライベートビーチを特別に一日使わせてもらえることになり、さっそくやって来た。

メンバーは俺とリリィ、マーガレット、ミラベル、そしてマルチナ。さらに『青の水晶』から受付嬢コンビのニーナとメアリを呼び寄せた。あいにく、他の所属冒険者は忙しく、ギルドマスターのエルシーさんは『ギルドを留守にできないから』と居残りすることになった。

だから、ここに来たのはニーナとメアリだけだ。

「うわぁ、綺麗《きれい》な海……」

「だよな」

俺はニーナと並んでエメラルドグリーンの海を見つめている。

ニーナは花模様をあしらった可愛らしいビキニ姿だった。スレンダーな体つきに水着がまぶしい。メアリはワンピース型の水着だった。

「ねえ、どうですか、レインさん？　あたしたちの水着姿」

「ち、ちょっと、メアリちゃん……」

「ニーナってスタイルいいですよねー、レインさんの目も釘付《くぎづ》けじゃない？」

「い、いや、その……っ」

ニヤリと笑うメアリに、思わずドキッとする。

確かに視線が釘付けになっていた。本当にスタイルがいいよな、ニーナって……。

「あわわわ、メアリちゃんったら、もう……」

そのニーナは顔を赤くしている。

「お待たせしました、レイン様」

「ふふ、あたしの水着姿だって負けてないよ」

続いてやって来たのはリリィとマルチナだ。リリィは赤いビキニ姿、マルチナは青いビキニ姿で、それぞれグラマラスな肢体をさらしていた。

「ふーん、ハーレムじゃん。よかったな、レイン」

「デレデレしてる」

さらにマーガレットとミラベルもやって来た。マーガレットはワンピース、ミラベルはビキニとパレオの組み合わせである。

みんなそろって水着姿なのは、やっぱりドキドキするな……。

「えへへ、ちょっと恥ずかしいですね……」

ニーナがはにかんだような笑みを浮かべた。

「だよね～」

と言いつつ、メアリはニヤリと笑っている。

「あたしも……なんだか照れます」

ニーナと同じくはにかんでいるリリィ。

「ふふ、あたしたちの水着姿をガン見してない？」

マルチナが悪戯っぽくたずねた。

「なんだよ、俺たちのことをエロ目線で見るんじゃねーぞ」

マーガレットが俺をじろりとにらんだ。

「レインはえっち……覚えた」

ミラベルがぽつりとつぶやく。

「いや、違うからな⁉　エロい目で見てないからっ！」

　さすがに最後の二つは思いっきり否定しておいた。


　準備運動をした後、俺たちは波打ち際で遊び始めた。

「海に来るのは久しぶりです。嬉《うれ》しいな♪」

「だね～♪」

　俺のすぐ近くでニーナとメアリがはしゃいでいる。

「っていうか、男と一緒に来るのは初めてじゃない、ニーナ？」

「えっ、家族で来たことがあるから……」

「家族はさすがにノーカウントよ。女友達と一緒に来たことくらいしかないでしょ、ニーナって」

「メアリちゃんだってそうじゃない」

「まあね。あたしたち男っ気がない人生送ってるよね……」

　言いながら、メアリが俺をちらっと見た。

「よかったね、ニーナ。やっと初めての春が来て」

「や、やだ、私は、そんな……」

　今度はニーナが俺をチラチラと見た。

　なんだなんだ？

「えっと……そうだ、このボールに強化ポイントを付与してみるか」

俺は持ってきたビーチボールを見て言った。

「ボールを強化……どうなるんでしょう？」

「やっぱりすごく硬くなったり、破壊力が上がったりするのかな？」

と、首をかしげるニーナとメアリ。

「確かレインさんの付与魔術って『その物が備えている性質を強化する』ってことでしたよね」

ニーナがたずねた。

「ボールの場合はたとえばものすごく弾むようになったりするのでは？」

「なるほど、ありそうだな」

ちょっと試してみよう。

「とりあえず＋10くらいからで」

俺は呪文を唱えて、強化ポイントを付与した。

正確には、身に付けている適当なアイテムからポイントを10ポイント移行したわけだが。

「あーっ！　間違えて＋１００に……」

前もやったな、この手のミス……。

ばいいいいいいいいいいいいいいいいんっ！

すごい勢いでボールが上空まで跳ねていった。

「な、なんですか、あれ……!?　レイン様……」

「ひええ、すっごいねー」

リリィとマルチナが驚いた顔で上空を見上げる。

俺やニーナ、メアリも同じ反応だった。

上空数百メートルまで達したボールは、しばらくして落ちてくる。

どごぉぉぉぉぉぉっ！

轟音《ごうおん》とともにボールは砂浜にめりこみ、小さなクレーターができた。

「やっぱりレインさんの付与魔術ってすごいですね……」

呆然《ぼうぜん》としているニーナ。

「ははは……悪い悪い……」

「とりあえず、このボールで遊ぶのは危険すぎるな」

俺は強化ポイントを調整し、＋10にしておいた。特に【弾む】項目を重点的に強化する。

それから、俺たちは全員でビーチバレーをすることにした。

チーム分けは俺とミラベル、リリィで、対戦相手はマルチナとメアリ、マーガレットである。

「私は審判をしますね。みなさんで楽しんでください」

と、裏方に回るニーナ。何とも彼女らしい気づかいだ。

「じゃあ、次はあたしが審判やるから交代ね」

「えっ、私は別に――」

「ニーナは他人に気を遣ってばっかりだからね。あなたにもちゃんと楽しんでほしいから、次はあたしが審判。いい？」

「ありがと、メアリちゃん」

「いいってこと」

互いに微笑み合うニーナとメアリ。この辺はギルドの受付嬢コンビらしい思いやりだろうか。見ていて、ほっこりする。

「じゃあ、行きますよ。がんばりましょうね、レイン様」

「私は適当にだらだらプレイして、美味しいとこだけもらう……」

リリィとミラベルがそれぞれ言った。

「俺、素の運動能力にはあんまり自信がないんだよな……とりあえず、プレイ開始だ」

苦笑しつつ、俺はボールを軽く投げた。

「えいっ」

それをトスするリリィ。

「うわー！　すごい飛んでいきますね！」

ボールは十メートルくらい上がっていった。さすがに、これは弾みすぎかも……。

「ちょっと触っただけよね？　なにこれ面白い～」

「へえ、楽しめそうじゃねーか」

向こうの陣地でマルチナとマーガレットがはしゃいでいる。

「おっ、けっこう好評だな。じゃあ、強化ポイントは今の設定でいいか」

「……暗殺武器にも応用可能？」

ぽつりとつぶやいたのはミラベルだった。目が怖い。

「いや、物騒なことは考えるなよ、ミラベル」

「じー」

「明らかに考えてるよな⁉」

と、そのとき高く上がったボールが向こうの陣地に落ちていく。

「ふふふ、あたし分かっちゃった……君たちの陣形の弱点は、そこねっ！」

マルチナが大きくジャンプして、高角度のスパイクを放った。

ちょうど俺たち三人の真ん中あたり。全員にとって、もっとも取るのが難しい場所――！

「させない！」

が、リリィがさすがの反射神経でそれを返した。

「やるね！　だったらこれで――」

すかさずマルチナがこぼれ球を再度スパイクした。

「まだまだ！」

左右に走りながら、ふたたび防ぐリリィ。

「ここなら！」

「負けない！」

「ここは！」

「拾うわよ！」

「ここ！」

「拾う！」

「こ！」

「ひ！」

「！」

「！」

だんだん掛け声すらなくなり、マルチナとリリィがスパイクとレシーブの応酬をしている。

さすがにこの二人は運動能力がずば抜けているな。

いや、運動能力といえば他にも——、

「へっ、俺を忘れてもらっちゃ困るぜ！」

マルチナが打つと見せかけて、マーガレットがボールに向かって飛んだ。

「リリィ先輩、憧れのあんたから一本取ってみせる——」

おお、マーガレットが熱血している。

「えい」

ぱちん。

ミラベルがその眼前で、いきなり大きく手を叩《たた》く。

「う、うわっ⁉」

それに驚いたマーガレットが空振りしてしまった。

「ひ、卑怯《ひきょう》だぞ、今の！」

「猫だまし」

「ん？」

「東方大陸の伝統格闘技『スモー』に伝わる奇襲技」

「ね、猫だまし……」

「見事に決まった。ミラベルすごい」

「むむむ……技と言われたらしゃーねーな」

マーガレットは悔しそうにしながらも引き下がった。


ビーチバレーを終えて、いったん休憩タイムになった。軽食を摂る者や、さらに継続してビーチバレーで遊ぶ者など、思い思いに過ごし、俺は、

「あの、一緒に泳ぎませんか、レイン様」

と、リリィに誘われていた。

「ああ。でも、俺、泳ぎは下手だぞ」

さすがにＳ級冒険者のリリィについていくのは難しそうだ。

「競争をするわけじゃありませんから。並んで泳ぎましょう」

リリィがにっこり微笑む。

嬉しそうな笑顔はとても可憐《かれん》で……ドキッとしてしまう。

「……レインさん」

「うお、びっくりした⁉」

いきなり背後からボソッと声をかけられて、俺は本気でビビってしまった。

振り返ると、ニーナが立っている。

「……あれ？　ニーナ、なんか怒ってない？」

「怒ってませんよ、うふふ」

「目が笑ってないんだけど……」

「リリィさんと仲よさそうだな、って思っただけです」

「まあ、旅の仲間だからな」

「仲間……」

ニーナがつぶやいた。

「それだけでしょうか……」

「えっ」

「私も一緒に泳ぎたいですっ。行きましょう、レインさんっ」

唐突にニーナが言って、俺の手をぐいっと引いた。

「あ……」

触れ合った手を、驚いたように引っ込めるニーナ。

「す、すみません、勢いでつい……」

「えっ？」

「手を、握ってしまって……」

「い、いや、別にいいよ。それくらい」

「恥ずかしくて……」

ニーナの顔が赤い。思った以上に初心《うぶ》らしい。

というか、そこまで過剰に反応されると、俺まで照れ臭くなってきた。

「むむ……」

今度はリリィが怒ったような顔をしている。

なんだなんだ？


よく分からない雰囲気になりながら、俺たちは一緒に泳いだ。

たぶん３キロくらいは泳いだかな。

「ふう、思いっきり泳いで気持ちよかったです」

「ああ、いい運動になったな」

砂浜に戻ってきた俺はリリィと微笑み合った。

「やっぱり、リリィさんは……はあ、はあ……すごいです……ふう」

ニーナが息を乱している。

濡《ぬ》れた髪や、水着が肌に張りついてあらわになったボディラインが、やけに色っぽく見えた。

「そ、そうだな……」

思わずニーナから視線を逸らす俺。

い、いけない。妙に彼女を意識してしまってるかも、俺——。

「やっぱり全力で泳ぐと気持ちがいいですねっ」

リリィが嬉しそうに笑う。

こっちは健康的な色香という感じだろうか。

なんだか目の毒だ……。

「……レイン様、やっぱりニーナさんのことを」

「えっ」

「あ、ち、違いますっ、あたし、ヤキモチなんて別に……っ」

なぜか顔を赤くするリリィ。

一体、どうしたんだ？

「……リリィさんも、やっぱりレインさんのことを」

と、今度はニーナが険しい表情でリリィを見た。

さらに俺の方も見ている。

ニーナまでどうしたんだ？

「あ、ここにいたんだ。ねえ、レインくんを借りていっていい？」

マルチナが駆け寄ってきた。

「二人で独占するなんてずるいよ。今度はあたしに付き合ってよ、レインくん」

「えっ？　えっ？」

「ほら、行こ」

ぐいっと手を引かれ、俺はマルチナに連れて行かれた。


俺たちはさっきの場所から少し離れた場所までやって来た。他のメンバーの姿はなく、二人っきりの状態だ。

「ちょっとした修羅場だったね。モテモテじゃない、レインくん」

「いや、修羅場ってことは……」

「ふふ、レインくんって思った以上に鈍感だね」

戸惑う俺を、マルチナはクスクス笑って見ている。

「楽しんでるみたいだね、みんな」

「おかげさまでな。ここで過ごさせてくれた女王陛下に感謝だな」

「だね。あたしも楽しい」

言って、マルチナが俺の隣に座った。

「ねえねえ、さっきギルドの受付嬢とリリィから取り合いをされてたでしょ？」

「えっ？　別に取り合いってわけじゃ……」

「レインくんって結構モテるんじゃない？」

マルチナが俺を見つめた。

「あたし、分かっちゃった。このメンバーで君を意識してる子が何人もいる、って」

「えっ、えっ」

俺はマルチナの言っている意味が分からず、戸惑ってしまう。

「いや、俺たちはただの仲間だし——」

「ふーん……？」

マルチナは上目遣いで俺を見上げ、ニヤニヤ笑っている。

こうして間近で見ると、すごい美女だよな。しかも、この位置だと深い胸の谷間がどうしても目に入る。

さっきから目の毒な状況ばっかりで、またドキドキしてきた。

「あれ？　おねーさんの色香に惑わされてる？　ふふっ」

マルチナが悪戯っぽく笑った。

「おねーさんって、一つくらいしか違わないだろ」

「一つ違えば十分よ。ねえ、年上の女って……どう思う？」

マルチナが俺を見つめる。

顔は笑っているが、その目には妙に強い光が宿っていた。

「マルチナ……？」

俺たちの間に沈黙が流れる。

「――なんて、ね」

しばらくしてマルチナが小さく首を振った。

「ちょっとドキドキしたんじゃない？　顔赤いもんね」

「い、いや、俺は――」

「あたし、分かっちゃった。レインくん、あたしを意識してる。うふふふ」

「あのな」

「えへへ」

俺たちは顔を見合わせ、微笑んでいた。


その後も、俺たちは日が暮れるまでたっぷりと遊んだ。大満足の一日だった。

今は皆で砂浜に並んで座り、沈みゆく夕日をなんとなく眺めている。

「光竜王の封印作戦が落ち着いたら、また来よう」

俺は皆を見回した。

「そうですね、ぜひ！」

ニーナが俺の隣で微笑む。

「あたしも誘ってくださいね、レイン様」

反対側の隣でリリィが俺を見つめていた。

「リリィ先輩が行くなら、俺も行くぞ。ちゃんと誘えよ、レイン」

と、マーガレット。

「あたしだけ仲間外れはなしだからね、レインくん」

マルチナがぱちんと片目をつぶる。

「格安料金で同行可能」

「金取るのかよ⁉」

ぽつりとつぶやいたミラベルに、俺は思わずツッコんだ。


――こうして、みんなで過ごした海での一日が終わっていく。

平凡で平穏な、ごく普通の一日。

だけど、それがとても尊いものなのだと、俺は理解していた。

もし、光竜王が封印を解いて暴れ出したら、世界のどれくらいの人間が被害に遭うか――俺の周囲で当たり前のように笑っている彼女たちが、もう二度と会えない存在になるかもしれない。

だからこそ、今日という日の喜びも貴重さも忘れない。

「また、みんなで来よう。絶対に」

俺は万感の思いでつぶやいた。

書き下ろし2　炎の聖騎士リリィ

「あれが噂《うわさ》の『炎の聖騎士』――リリィ・フラムベルか……」

「最年少でA級冒険者になったっていう……」

「『星帝《せいてい》の盾』の次期エース候補だって噂も分かるな、オーラが出てる……」

「いや、すでにマイゼルさんより実力じゃ上って話も……」

リリィがギルドの建物内を歩いていると、周囲の冒険者たちからヒソヒソ話が聞こえてきた。

いつもの光景だった。まだ十代の少女が、大陸でも五本の指に入る最強ギルドの一つ『星帝の盾』のトップクラスの冒険者ということで、ギルド内外でとにかく目立ってしまう。

（さすがに慣れたわね……目立つのは好きじゃないけど、しょうがないか）

ため息をつきながら、自分のこれまでのことに思いを馳《は》せる。

リリィは、ずっと強くなるために剣を振ってきた。

誰よりも強くなりたい……そんな純粋な思いで冒険者になった。十歳になる前から各国の騎士団にスカウトされていたが全部断った。実戦でひたすら自分を磨く道を選んだのだ。その道で強さを認められ、『炎の聖騎士』という二つ名で呼ばれるようになり、あっという間にA級まで上り詰めた事実は、リリィにとって誇らしいものだった。

必要以上に騒ぎ立てず、もう少しそっとしておいてほしい……と思うのも事実だが。

リリィはホールを抜け、中庭に出た。そこで今回のクエストのために、数人の冒険者と待ち合わせをしているのだ。

中庭には、すでに一人の冒険者がいた。年齢は十五歳くらいだろうか。ツインテールにした黒髪の美少女で、騎士鎧《よろい》を身に付けている。

「へえ、噂のリリィ先輩と一緒にクエストかよ。光栄だな」

彼女が話しかけてきた。

「俺はマーガレット・エルス。Ｂ級だ」

『俺』という一人称が勝ち気そうな容姿によく似合っていた。

「よろしくね」

リリィが会釈して手を差し出す。

「ふん、俺が握手するのは、実際にこの目で強者と認めた奴だけだぜ」

マーガレットは鼻を鳴らし、握手を拒否した。

リリィが苦笑して手を引っこめる。見た目通り——いや、見た目以上に気が強いらしい。

さらに一人、二人と冒険者が現れ、最後にやって来た冒険者がこちらを見て舌打ちした。

「ちっ、こんな小娘たちがＡ級やＢ級とはな」

身長二メートルを超える巨漢だ。全身から放つすさまじい威圧感は、彼がただ者ではないことを示していた。

「なんだよ、あいつ。偉そうに……」

マーガレットがムッとした顔をする。

「彼はこのギルドのエースよ」

説明するリリィ。

「『怒濤《どとう》の大斧《おおおの》』マイゼル・ゾールライバー。『星帝の盾』に所属する三人のS級冒険者の中で最強と呼ばれる男――」

「このギルドで最強……か」

マーガレットは息を飲んだようだった。

「……へっ、いずれ俺が超えてやるぜ」

「ふふ、その意気よ」

リリィは思わず微笑んだ。

どこまでも勝ち気な彼女が気に入っていた。

それに、相手がS級でも萎縮しない彼女を見ていると勇気づけられる。リリィはマイゼルを見たとたんに、全身が緊張でこわばってしまったのだから。

(きっとそれがA級とS級の差……なのよね。あたしは、もっと精神的にも強くならなきゃ)

相手が誰でも物おじしないように。

相手が誰でも――胸を張って向かい合えるように。

自分に、自信が持てるように。

「まあ、いい。お前ら全員、俺の足を引っ張るなよ」

マイゼルが傲慢に言った。

「何せ、ダンジョンの宝物庫には無銘だが伝説級と言われる剣があるからな」

「伝説級の剣……」

つぶやくリリィ。

世界には、太古の昔に神々や魔族が造ったとされる武具が散在している。

勇者が光竜王《ディグ・ファ・ローゼ》を封じるときに使ったという『燐光竜帝剣《レファイド》』。

海を二つに割ると言われる最強の神槍《しんそう》『蒼き波濤の槍《エルゼール》』。

空の彼方にいる敵をも射抜く魔弓『天翼の烈弓《フィーラヴェルダ》』。

今回の目的地であるダンジョン――『光翼《こうよく》の遺跡』に眠る剣もそれと同ランクか、近いランクの剣という噂だった。

「もし、あたしがそんな剣を手に入れられたら――」

リリィはごくりと喉を鳴らす。

すべての剣士や騎士にとって『伝説級の剣』は憧れといっていい。

「ん、どうしたんだ、リリィ先輩？」

「いいなぁ……」

「お、なんか夢見る乙女っぽい目つきだぞ？」

「えっ？　やだ、あたし、そんな目してた？」

「してたした」

「だって……やっぱり憧れでしょ、『伝説級の剣』って」

「まあな」

「かっこいいじゃない」

リリィは目をキラキラさせて語った。

「ああ、そこの宝物庫にある剣が欲しいわけか」

「……でも、あたしの剣にはならないわよね、きっと」

リリィはため息をついた。

——その後、さらに三人の冒険者がやって来て、メンバー全員がそろった。

目的地である『光翼の遺跡』はウラリス王国にあった。そこまでは馬車で一泊二日の旅路である。その日の行程を終えると、リリィたちは宿場町で宿を取った。

「同室ね。よろしく、マーガレットさん」

リリィに割り当てられたのは、マーガレットと同じ部屋だ。

今回は女性メンバーが四人、男性メンバーが三人という構成のため、女性メンバーに二人部屋二つが割り当てられ、男性メンバーは大部屋で三人まとめて宿泊することになっていた。

「マーガレットでいいぜ、先輩」

彼女はニヤリと笑った。

「じゃあ、あたしもリリィでいいわよ」

「ま、先輩だし、冒険者ランクもあんたの方が上だからな。いちおうリリィ先輩って呼ばせてもらうぜ」

マーガレットがまた笑う。

「といっても、ランクの方はもうすぐ並ぶ予定だけど。俺、近いうちにA級昇格試験を受けるつもりなんだ」

「昇格試験か……あたしは去年受けたわね」

遠い目をして語るリリィ。

「……やっぱ緊張したか？」

マーガレットの表情がわずかにこわばっていた。もしかしたら、今から昇格試験を受けるときのことを想像して緊張しているのだろうか。なかなか可愛いところがある。

「そうね、あたしは――」

リリィはクスリと微笑み、

「始まるまでは緊張したわ。でも試験の対象クエストが始まったら、後は夢中だったから。緊張も何もなかった」

「へえ……」

「始まれば、無我の境地で戦うだけだもの」

「かっこいいじゃん、それ」

マーガレットが嬉《うれ》しそうに笑った。

「あなたもきっとそうなるわよ」

「だといいけど」

「大丈夫。いい目をしているもの」

リリィがマーガレットを見つめた。

「っ……！　ストレートに褒めすぎだっての！」

彼女は照れたようだ。ますます、可愛いと思った。


ダンジョンに到着すると、さっそく探索を開始した。入り組んだダンジョン内を進んでいくリリィたち一行。

内部には罠《わな》がこれでもかとばかりに設置され、強力なモンスターが数多く襲ってきた。

さすがに難度の高いダンジョンである。

だが、リリィたちは『星帝の盾』の精鋭メンバーとして一歩も退かなかった。

「これで――！」

マーガレットが魔力を伝わせた剣で、モンスターを両断する。

彼女は魔法と剣を併用するバトルスタイル――いわゆる魔法剣士である。

「すごい……！」

リリィはその戦いぶりに感心した。

自分よりランクは一つ下だが、その素質は素晴らしいものがある。あるいは、近い将来追い抜かれるかもしれない――そう思わせるだけの、才能のきらめき。

「あたしもがんばらないとね……！」

リリィは内心で闘志が燃え上がるのを感じた。

「へっ、向こうの奴も俺がまとめて片づけてやるぜ」

マーガレットが走り出した。一人で先行する。

「あ、待って！」

慌てて駆け寄るリリィ。

「なんだよ、気分が乗ってきたところだったのによ」

「マーガレット、単独行動は駄目よ」

不満げな彼女を、リリィがたしなめた。

「へっ、なんだよあんた。俺に指図すんのか？」

「指図じゃないわ。あたしはあなたを案じているだけ」

「ちっ、ちょっとランクが上だからっていい気になるなよ。俺はいずれ誰よりも強くなる――あんただってすぐに超えてみせる」

「意気盛んなのは大いに結構よ。だけど勇気と無謀は違う――」

言うなり、リリィは剣を抜いた。

「な、なんだ、ケンカ売ろうってのか⁉」

「伏せて！」

リリィは剣を振りかぶる。

そして、一閃《いっせん》。

「えっ……⁉」

おそらくマーガレットには気配を感じることができなかったのだろう。

暗がりから襲い来る、小型のモンスターの。

どさり。

リリィの斬撃は正確にそのモンスターを捉え、両断していた。

「す、すげぇ……」

マーガレットが息を飲む。

「評判倒れとか、ルックスで騒がれてるわけじゃない……こいつ、まじで強い――」

「いいえ、あなたもいい反応だったわよ、マーガレット」

リリィがにっこり微笑んで手を差し出す。

「お互いに切磋琢磨《せっさたくま》して、がんばっていきましょう」

「……お、おう」

マーガレットは照れたような顔をしつつ、リリィの手を握った。

――握手をした、ということは、こちらのことを少しは認めてくれたのだろう、きっと。

リリィたちはダンジョンの最奥近くまで進んだ。

「剣術スキル——【斬妖閃《ざんようせん》】！」

リリィの繰り出した斬撃がモンスターを一撃で真っ二つにする。

が、さらに前方から数体のモンスターが迫った。

「数が多い——」

さすがに難関ダンジョンの深部である。強力なモンスターが次々に出てくる。

『星帝の盾』の精鋭メンバーで組んだパーティだから持ちこたえているが、並の冒険者パーティならここに来るまでに百回は全滅しているはずだ。

「へっ、これくらいの数で弱気になってるのかよ！」

マーガレットが飛び出した。

「【斬妖閃】！」

リリィと同じ剣術スキルを繰り出し、モンスターたちを次々に斬り伏せていく。大きなことを言うだけあって、なかなかの実力だった。

「すごいわね……」

「ちったぁ見直したか？」

マーガレットがニヤリと笑った。

「頼もしいわ」

リリィが微笑む。

「む……意外に素直だな」

「すごいものはすごい、って素直に思っただけ」

「そ、そうか。はは、そうだろ」

マーガレットは照れたようだった。先ほども思ったが、裏表のない性格なのだろう、彼女は。そんなマーガレットにあらためて好感を抱いた。

「おい、和気あいあいとしてる場合じゃないぞ」

そのときマイゼルが前方を指し示した。

「宝物庫が見えたぜ」

さらに進み、リリィたちは宝物庫に入った。

「お、おい、あの剣か……!?」

マーガレットがジッと前を見つめる。

「うわぁ、かっこいい剣ね」

目を輝かせるリリィ。

中央の台座に一本の剣が刺さっている。

赤色を基調とした芸術品のように美しい長剣だ。

「だよな……ほれぼれするぜ」

マーガレットが台座に近づく。

「――待って。さすがに易々とは取らせてくれないみたいよ」

リリィがその動きを止めて警告した。

ぐるるるおおおおおおんっ。

咆哮《ほうこう》とともに、奥の壁が崩れて巨大なシルエットが出現した。

「あれは――」

雰囲気からして、どうやらダンジョンのフロアボスのようだった。

四足歩行の巨大獣で、その頭部は竜だ。メタリックな輝きを放つ装甲はいかにも頑強そうだった。

「『地撃竜皇獣《アサルトベフィモス》』……か」

マイゼルがうめいた。

「人間ども！　ここは剣を祀《まつ》る聖域。貴様らが立ち入っていい場所じゃない！」

叫んでアサルトベフィモスが長大な尾を振るう。

「うわぁぁっ」

「きゃぁぁっ」

避けきれずにマーガレットを含むメンバーの何人かが吹っ飛ばされた。全員一撃でかなりのダメージを受けたのか、ほとんど動けなくなっている。

無事なのはリリィとマイゼルだけだ。

「この剣には竜王クラスをも討つ力が秘められている……ゆえに我が主――竜王様は、この剣を守れと仰った。人間どもがこの剣を手にして、竜王様を害さないようにな」

「別に竜王を倒したいわけじゃないけれど」

リリィが前に出る。

「その剣をもらうわ。だって、その剣――もともとは人間のものなんでしょう？」

「ほざけ！　このような危険な剣は、我ら竜族が預かる。奪えるものなら奪ってみろ！」

「力ずくならOKなの？　じゃあ、遠慮なく――」

言うなり、リリィは地を蹴った。

「速い⁉」

亜音速で疾走し、一瞬にしてアサルトベフィモスの背後に回る。繰り出した斬撃で装甲に覆われた背中を斬り裂いた。

だが、浅い。渾身《こんしん》の力を込めたが、わずかな傷ができただけだ。

「そんな剣では、俺には通じん」

アサルトベフィモスがリリィに正対する。

「スキル――【迅雷突進《じんらいとっしん》】！」

「っ⁉」

超スピードの突進攻撃を、リリィは大きく跳び下がってなんとか避けた。

どごぉぉぉぉぉっ……！

アサルトベフィモスの一撃で壁に巨大な穴が空《あ》いた。ダンジョンが崩落しかねない勢いだ。

「こいつ――」

ここが崩れても構わないというつもりだろうか。

「ちっ、とんでもない突進力だ。まともに食らったら、人間の体なんてバラバラだぞ！」

マイゼルが叫ぶ。

「見境なしというタイプかもしれませんね……」

「なら、ここを壊される前に倒す！」

マイゼルが大斧を持って向かっていく。

「俺は右！　お前は左だ！　ついてこいよ、小娘！」

「了解！」

叫んで、リリィがマイゼルとは逆方向からモンスターに迫る。

左右からの同時攻撃だ。

「【三連突き】！」

「【破砕刃《はさいじん》】！」

リリィの長剣とマイゼルの大斧が、それぞれうなりを上げる。

「があっ！」

その瞬間、アサルトベフィモスが吠《ほ》えた。

咆哮が衝撃波となり、マイゼルを吹き飛ばす。

「が……はっ……！」

壁に叩《たた》きつけられ、倒れるマイゼル。

「うぐぐ……ぐ……」

骨が折れたのか、内臓にダメージを負ったのか、立ち上がれないようだ。

「こんな攻撃方法を隠し持っていたなんて……」

リリィが唇をかんだ。

彼女が無事だったのは、単に運がよかっただけ。もし敵の標的がマイゼルではなく彼女だったなら――とても避けられなかった。今ごろ壁に叩きつけられ、動けなくなっていたのは自分だったはずだ。

「……マイゼルさん」

「駄目だ、お前だけでも逃げろ……」

マイゼルがうめく。

「この俺でさえ押さえこまれた……お前の勝てる相手じゃない……」

「――一人だけ逃げるなんて」

リリィがふうっと息をついた。

「仲間を見捨てるなんて、あり得ない」

絶体絶命のピンチを前にして、そして超強敵を前にして――普段とは比べ物にならないほど集中力が増していく。

そうして高まった集中力が恐怖を、不安を、消していく。

無我の境地……集中の極限ともいえる状態に、リリィは達していた。今なら、どんな強敵とも渡り合える――圧倒的な自信が湧き上がってくる。

るおおおおっ。

アサルトベフィモスが突進してくる。剣を叩きつけつつ、下がるリリィ。

「剣術スキル――【剛腕剣《ごうわんけん》】！　【三連突き】！　【唐竹割り】！」

さらに二度、三度と敵の突進をいなしながら、連撃を加える。

二つ名の『炎の聖騎士』が示す通りの、炎のような連続攻撃だ。

ぱきんっ……！

ふいに、リリィの剣が半ばから折れて飛んだ。

「剣が――」

装甲が硬すぎる。リリィの攻撃に剣が耐えられなかったのだ。

「ははは！　残念だったな、その貧弱な剣では俺は斬れんぞ！」

勝ち誇るアサルトベフィモス。

武器がなければ、さすがのリリィもどうしようもない。

「剣があれば……」

周囲を見回し、リリィはハッと目を見開いた。台座に突き刺さる一本の剣が目に入ったのだ。

「あの剣なら――」

台座に向かって走る。

「剣を取る気か？　させん！」

その前にアサルトベフィモスが立ちふさがった。

「くっ……」

「邪魔するんじゃねーよ！」

と、横合いからアサルトベフィモスに斬りかかるマイゼル。ここまでボロボロの体でなお戦えるのは、さすがにS級冒険者だ。

「マイゼルさん……」

「早く行け！　こいつは俺が食い止める！」

「――感謝します」

リリィはふたたび台座に向かって走った。

背後ではマイゼルがアサルトベフィモスを必死で押さえている様子が伝わってくる。

(早く剣を抜いて、マイゼルさんと交代しないと――)

わずか数メートルが、異様に長く感じた。

それでもようやくたどり着くと、リリィは剣を取った。

熱い――。

剣全体が燃えるように熱い。

「お願い。あたしに力を貸して」

祈るような気持ちで、剣を引く腕に力を込めた。

ずっ……ずずっ……！

リリィは剣を台座から引き抜いた。

「軽い！」

リリィは思わず叫んだ。驚くほど軽く、そして剣全体から炎にも似たエネルギーが伝わって来る。

「いける――！」

ふたたびアサルトベフィモスが突進してきた。必殺のスキル【迅雷突進】だ。

ならば、こちらも必殺のスキルで立ち向かうのみ。

「上級剣術スキル――【斬竜閃《ざんりゅうせん》】！」

繰り出した一撃はカウンターとなり、アサルトベフィモスに打ちこまれる。

手ごたえは、まったくなかった。

まるで紙でも切り裂くように。

強靫《きょうじん》な装甲をいとも簡単に切り裂き、アサルトベフィモスの胴を両断していた。

「な、なんだと、ここまであっさりと……!?」

マイゼルが呆然《ぼうぜん》とこちらを見ている。

「カウンターが上手くいっただけです。本来ならもっと苦戦する相手でした。それと――」

もう一つ、この剣の力も大きい。

ヴ……ンッ。

リリィがそう思った瞬間、剣全体が発光した。

「えっ、何？　何？」

「ちっ、どうやらその剣がお前を認めたらしいぜ」

マイゼルが忌々しげに舌打ちした。

「剣が、あたしを――」

「俺の剣にしようと思ったんだが、剣自身がお前を認めたならしゃーねぇな。それにアサルトベフィモスを倒した手際……悔しいが認めざるを得ねぇ」

「マイゼルさん……」

「せいぜい大事に使うんだな」

「あ、ありがとうございます！」

リリィは一礼する。

それから、あらためて剣を見つめた。

刀身に自分の姿が映っている。微笑みを浮かべた美しい少女の顔だ。

――これが『紅鳳の剣《ミラーファ》』という名の『伝説級の剣』だとリリィが知るのは、もう少し後の話である。

あとがき

はじめましての方ははじめまして、お久しぶりの方はお久しぶりです。六志麻《ろくしま》あさです。

このたび、Kラノベブックス様から『追放されたチート付与魔術師は気ままなセカンドライフを謳歌する。』を出版させていただけることになりました。Kラノベブックス様での刊行は『絶対にダメージを受けないスキル〜』に続いて、2シリーズ目となります。

『小説家になろう』からの書籍化はこれで8シリーズ目になりました……ウェブで読んでくださっている方、こうして本を買ってくださる方、本当にありがとうございます。あなたがたの応援あっての書籍化です……！（五体投地）

また、帯にあります通り『ブラック国家を追放されたけど【全自動・英霊召喚】があるから何も困らない。』という作品が3つ目のシリーズとして鋭意準備中です。本作とは一味違ったファンタジー小説です（こちらも、なろうからの書籍化作品です）。発売されましたら、ぜひお手に取っていただければ嬉しいです！

で、話を戻しまして……本作は『小説家になろう』様に掲載されているウェブ小説で、Kラノベブックス版では、ウェブ版の1章から8章を出版に当たって読みやすいように加筆修正したものに加え、書き下ろしのエピソードが2編収録されています。

書き下ろしの内容は、主人公とヒロインズが海水浴に行くいわゆる『水着回』と、ヒロインの一人であるリリィが主人公の外伝です。どちらもウェブでは読めない書籍版だけのスペシャルストーリーですので、ぜひお楽しみいただければと思います。ちなみに水着イラストもあります。水着イラストもあります……！（大事なことなので二度）

また、本作は電子雑誌の『マガジンR』やウェブ漫画の『水曜日のシリウス』などでの業務用餅先生によるコミカライズ連載がすでに始まっています（最速は『マガジンR』で『水曜日のシリウス』などはその後追いで配信されます）。小説版とは一味違ったもう一つの『チート付与魔術師』をお楽しみいただけましたら幸いです。

では、最後に謝辞に移りたいと思います。

本作の書籍化オファーをくださった講談社ラノベ文庫編集部様、また様々なアドバイスをくださった担当編集I様、本当にありがとうございます。

そして、前作『絶対にダメージを受けないスキル～』に引き続き、今回の書籍版でも凛々しく可愛い素敵なイラストの数々を描いてくださったｋｉｓｕｉ先生、コミカライズ版にて独特のギャグやテンポよく魅力的なお話を描いてくださっている業務用餅先生、ご両名とも本当にありがとうございます。ありがたやありがたや……。

さらに本書が出版されるまでに携わってくださった、すべての方々に感謝を捧げます。

もちろん本書をお読みいただいた、すべての方々にも……ありがとうございました。

それでは、次巻でまた皆様とお会いできることを祈って。

二〇二一年十二月　六志麻あさ

Kラノベブックス

追《つい》放《ほう》されたチート付《ふ》与《よ》魔《ま》術《じゅつ》師《し》は気《き》ままなセカンドライフを謳《おう》歌《か》する。

俺《おれ》は武《ぶ》器《き》だけじゃなく、あらゆるものに『強《きょう》化《か》ポイント』を付《ふ》与《よ》できるし、俺《おれ》の意《い》思《し》でいつでも効《こう》果《か》を解《かい》除《じょ》できるけど、残《のこ》った人《ひと》たち大《だい》丈《じょう》夫《ぶ》？

六《ろく》志《し》麻《ま》あさ

2021年12月24日第1刷発行

発行者	森田浩章
発行所	株式会社 講談社 〒112-8001　東京都文京区音羽2-12-21
電　話	出版　(03)5395-3715 販売　(03)5395-3608 業務　(03)5395-3603
デザイン	百足屋ユウコ＋おおの蛍（ムシカゴグラフィクス）
本文データ制作	講談社デジタル製作
印刷所	豊国印刷株式会社
製本所	株式会社フォーネット社

KODANSHA

ISBN978-4-06-526049-4　N.D.C.913　297p　19cm
定価はカバーに表示してあります

ファンレター、
作品のご感想を
お待ちしています。

あて先
〒112-8001　東京都文京区音羽2-12-21
(株) 講談社　ラノベ文庫編集部 気付
「六志麻あさ先生」係
「kisui先生」係

Kラノベブックス

転生貴族、鑑定スキルで成り上がる1～3
～弱小領地を受け継いだので、優秀な人材を増やしていたら、最強領地になってた～

著:未来人A　イラスト:jimmy

アルス・ローベントは転生者だ。
卓越した身体能力も、圧倒的な魔法の力も持たないアルスだが、
「鑑定」という、人の能力を測るスキルを持っていた！
ゆくゆくは家を継がねばならないアルスは、鑑定スキルを使い、
有能な人物を出自に関わらず取りたてていく。
「類い稀なる才能を感じたので、私の家臣になってほしい」
アルスが取りたてた有能な人材が活躍していき――！